青少年财智故事汇

CAIZHI GUSHIHUI

韩祥平　编著

培养青少年

北京出版集团

北京出版社

图书在版编目(CIP)数据

培养青少年财商的精彩故事／韩祥平编著．—北京：
：北京出版社，2014.1
（青少年财智故事汇）
ISBN 978－7－200－10309－0

Ⅰ．①培… Ⅱ．①韩… Ⅲ．①故事—作品集—世界
Ⅳ．①I14

中国版本图书馆 CIP 数据核字（2013）第 282854 号

青少年财智故事汇
培养青少年财商的精彩故事
PEIYANG QING-SHAONIAN CAISHANG DE JINGCAI GUSHI
韩祥平　编著
*
北 京 出 版 集 团
北 京 出 版 社　出版
（北京北三环中路6号）
邮政编码：100120
网　址：www．bph．com．cn
北 京 出 版 集 团 总 发 行
新 华 书 店 经 销
三河市同力彩印有限公司印刷
*
787 毫米×1092 毫米　16 开本　12 印张　170 千字
2014 年 1 月第 1 版　2023 年 2 月第 4 次印刷
ISBN 978－7－200－10309－0
定价：32.00 元
如有印装质量问题，由本社负责调换
质量监督电话：010－58572393
责任编辑电话：010－58572775

前　言

有两只小兔子分别接受了老山羊送给它们的礼物——小白兔得到了一筐胡萝卜，小黑兔得到了一把胡萝卜种子。然后，两只小兔子分别回家了。

回家之后，小黑兔把种子种进地里，每日辛勤劳动，最终获得了大丰收。而小白兔却坐享其成，每天醒来就能吃到现成的胡萝卜，日子过得优哉游哉，但是没多久就坐吃山空了。

寓言当中小白兔的胡萝卜就像是财富，给你一笔财富可能会让你立刻变得富有，但是如果你没有财商，没有理财能力，那么最终会坐吃山空；而财商就像是小黑兔的胡萝卜种子，虽然不能让你立刻填饱肚子，但是有可能让你一生富有。

在竞争激烈的现代社会，财商已经成为一个人成功必备的能力，财商的高低在一定程度上决定了一个人是贫穷还是富有。一个拥有高财商的人，即使他现在是贫穷的，但这只是暂时的，他必将成为富人；相反，一个低财商的人，即使他现在很有钱，他的钱终究会花完，也终将成为穷人。

那财商到底是什么呢？如果智商是衡量一个人思考问题的能力，情商是衡量一个人控制情感的能力，那么财商就是衡量一个人认识金钱和驾驭金钱的能力。指一个人在财务方面的智力，是理财的智慧。它包括两方面的能力：一是正确认识金钱及金钱规律的能力；二是正确应用金钱及金钱规律的能力。简单地说来，财商就是一个人创造财富的智慧。

　　财商就像是财富的总司令，我们手中的财富就是它手下的兵卒，如果好好经营管理，指挥得当，它们就会打胜仗，"俘虏"更多的财富；如若我们不懂得经营，它们就有可能会被别的财富"俘虏"，变成别人的钱。

　　生活中，有很多人拿钱去赌博，结果输得一干二净，甚至负债累累，少则几千元，多则十几万元，上百万元。可以说，这些人的财商简直就是零，甚至是负数。

　　我们生活在经济社会中，时时刻刻都离不开钱。每天我们都要面对赚钱、花钱、存钱、投资等直接和钱有关的活动，而每一个环节都因为个人财商不同，产生的结果也不一样。所以，提高财商是我们现代人的当务之急。你可以一时没钱，但你绝不能一世没有财商。"上算智生钱，中算钱赢钱，下算力换钱。"这句经典的俗语更是说明了财商的重要性。可以这么说，财商是改变个人财富命运的必须手段。

　　借助财商，你可以学会富人的思维方式、理财模式和赚钱方式，掌握提高财商的基本方法，迅速提升自己的洞察力和综合理财能力；懂得如何看待金钱、运用金钱；懂得运用正确的财商观念来指导自己的生活，掌握一些实用的理财方法等。

　　希望本书可以帮助青少年对自己、对他人、对人生有一个更正确的认识，对财富、理财也有一个更为全面的认知，从而成为一个情商和财商达人。

目　录

第一章

致富的愿望

　　要想获取财富，首先要有强烈的赚钱欲望，欲望是进取的动力，是智慧的源泉。如果一个人从小就热爱钱财，对财富充满强烈的欲求，他就会为了实现这种欲求而比别人更努力、更积极地去发现一些"金点子""银点子"。赚钱在他们的眼里，已经成为一种生活方式、一种行为艺术。

穷人最缺什么

巴拉昂是一位年轻的媒体大亨，以推销装饰肖像画起家，在不到10年的时间里，迅速跻身于法国五十大富翁之列，1998年因前列腺癌在法国博比尼医院去世。临终前，他留下遗嘱，把他4.6亿法郎的股份捐献给博比尼医院，用于前列腺癌的研究，另有100万法郎作为奖金，奖给揭开贫穷之谜的人。

巴拉昂去世后，法国《科西嘉人报》刊登了他的遗嘱。他说："我曾是一个穷人，去世时却是以一个富人的身份走进天堂的。在跨入天堂的门槛之前，我不想把我成为富人的秘诀带走，现在秘诀就锁在法兰西中央银行我的一个私人保险箱内，保险箱的3把钥匙在我的律师和两位代理人手中。谁若能通过回答穷人最缺少的是什么而猜中我的秘诀，他将能得到我的祝贺。当然，那时我已无法从墓穴中伸出双手为他的睿智欢呼，但是他可以从那只保险箱里荣幸地拿走100万法郎，那就是我给予他的掌声。"

遗嘱刊出后，《科西嘉人报》收到大量信件，有的骂巴拉昂疯了，有的说《科西嘉人报》为提升发行量在炒作，但是多数人还是寄来了自己的答案。

大部分人认为，穷人最缺少的是金钱。穷人还能缺少什么？当然是钱了，有了钱，就不再是穷人了。有一部分人认为，穷人最缺少的是机会。一些人之所以穷，就是因为没遇到好时机，股票疯涨前没有买进，股票疯涨后没有抛出，总之，穷人都穷在背时上。另一部分人认为，穷人最缺少的是技能。现在能迅速致富的都是有一技之长的人，一些人之所以成了穷人，就是因为学无所长。还有的人认为，穷人最缺少的是帮助和关爱。每个党派在上台前，都曾给失业者大量的许诺，然而上台后真正关爱他们的又有几个？另外还有一些其他答案，比如：是漂亮，是皮尔·卡丹外套，是《科西嘉人报》，是总统的职位，是沙托鲁城生产的铜夜壶，等等。总之，答案五花八门，应有尽有。

巴拉昂逝世周年纪念日，他的律师和代理人按巴拉昂生前的交代在公证部门的监督下打开了那只保险箱。在48561封来信中，有一位叫蒂勒的小姑娘猜对了巴拉昂的秘诀。蒂勒和巴拉昂都认为穷人最缺少的是野心。

在颁奖之日，《科西嘉人报》带着所有人的好奇，问年仅9岁的蒂勒，为什么想到是野心，而不是其他的。蒂勒说："每次，我姐姐把她11岁的男朋友带回家时，总是警告我说不要有野心！不要有野心！我想，也许野心可以让人得到自己想得到的东西。"

巴拉昂的谜底和蒂勒的回答见报后，引起不小的震动，这种震动甚至超出法国，波及英美。前不久，一些好莱坞新贵和其他行业几位年轻的富翁就此话题接受电台的采访时，都毫不掩饰地承认，野心是永恒的特效药，是所有奇迹的萌发点。某些人之所以贫穷，大多是因为他们有一种无可救药的缺点，即缺乏野心。

★✦✦✦✦★**智 慧 感 悟**★✦✦✦✦★

贫穷是一种思想病！你必须建立这种观念：有了"我想要"，才有"我得到"。欲望是财富的原动力。

致富的愿望

福勒是美国路易斯安那州一个黑人佃农的儿子。5岁时他就开始劳动，在9岁之前，他就以赶骡子为生。像他们这样的家庭，劳动和贫困并没有什么可抱怨的，这些家庭还认为贫穷是命里注定的，并没有强烈改善处境的要求。幸运的是，少年福勒有一位不一般的母亲。他母亲不满足这种仅够糊口的生活。

她时常同儿子谈论她的梦想："儿子，我们不应该贫穷。我不情愿听到你说我们贫穷是由于上帝的意愿。我们的贫穷不是由于上帝的缘故，而是因为你们的爸爸从来没有产生过致富的愿望。我们家庭中的任何人都没有产生过出人头地的想法。"

没有人产生过致富的愿望？福勒决定改变整个人生。他把他所需要的东西放在心中，把不需要的东西抛到九霄云外。致富的愿望像火花一样迸发出来。最后他决定把经营肥皂作为发财的一条捷径。于是他挨家挨户地出售肥皂长达12年之久。后来他得知供应商决定将公司拍卖，售价15万美元。而他经营肥皂销售12年中有2.5万美元存款。他觉得这是个机会，就与供应商达成协议：先交2.5万美元保证金，在10天之内把余额付清。如果到时无法筹齐余下的款项，他就将失去预付的保证金。

在经营肥皂的生涯中，他赢得了许多商人的敬重，他找他们帮忙。他从私交不错的朋友那里借了一些，又从信贷公司和投资集团那里得到援助。到了第10天的前夜，他筹集了11.5万美元，还差1万美元。这1万美元相当关键，将决定他的命运。

当时他已用尽所知道的一切贷款来源。暗夜里，他跪下来祷告："我乞求上帝领我去见一个及时借给我1万美元的人。"他还自言自语：我要驱车走遍整条大街，直到我在某栋商业大楼里看到第一道灯光。深夜11点，他真的沿芝加哥大街驱车而去。过了几个街区后，他看到了希望中的一家承包商事务所的灯光。他走了进去，写字台旁是一个因工作而疲劳不堪的人。福勒感到自己应该勇敢一些。

"你想赚1000美元吗?"福勒开门见山。

这句话让承包商吓了一跳，"是啊，当然想的。"

"请给我开一张1万美元的支票，当我还清这笔欠账时，将加付1000美元利息。"接着他把借钱给他的人的名单给这位承包商看，并详细地解释了这次商业冒险的情况。就在那天夜里，福勒口袋里带着1万美元的支票离开了这个事务所。后来，福勒越做越大，不仅在那个肥皂公司，而且在其他4个化妆品公司、一个袜类贸易公司、一个标签公司和一个报馆，都成功获取控股权。

★智慧感悟★

福勒以他的经历告诉我们：我们是贫穷的，但这并不是因为上帝，而是我们从来没有产生过致富的愿望。有了愿望，当你清楚地看见它时，就运用你的智慧，牢牢地将一些良机抓住，你就成功了。

走老板之路

在现实生活中，人们大多在"朝九晚六"地为别人工作，每月领取固定的薪资，日复一日，年复一年，总是感叹自己挣得太少。

需要问的是：你究竟有没有决心打破这种平稳，跳到"游戏"的圈子之外来另谋发展？直白地说，自己当个老板来干！

不过，创业之初的老板也不是好当的。不仅要失去平稳安适的生活，还得备尝工作的艰辛，以及承担经营的风险和随之带来的对家庭和亲人的影响等。一切的一切，都要你付出很多很多。说真的，当个老板并不是好玩的，财富不会轻易地就流到你的口袋里。即使创出了一份产业，仍然还需要你费尽心血去好好经营。

两条道路，两种生存方式，人人都有选择的权利。

同样在罗伯特先生的意识中，两条道路的选择是非常清楚的。他明白他的"穷爸爸"的建议——"顺着公司的梯子，一步一步往上爬"——是不足取的。如果只是在大公司里找个好工作，"仅仅依赖雇主的工资，就永远只能是乖乖待挤的奶牛"。他赞赏的是"富爸爸"的反问："为什么不当梯子的主人？"他要拥有自己的公司。

与一般的打工者不同，罗伯特在打工之初就抱有明确的目的，要为自己将来的公司积累资本。所以，20 岁时，他到施乐公司当了雇员。

在这段时间，他挣了许多钱，但每次看到工资单时，罗伯特就感到失望，扣除额是如此之大，而且他越是努力工作，扣掉的就越多。不过，当他更为成功时，老板照例会给他升职和加薪。

罗伯特当然不会忘记他自己的愿望。1974 年，罗伯特创立了他的第一个企业，同时，仍在施乐公司工作。为了积累资产基础，他开始双边工作。因为他知道夏威夷正在进行开发，大有发财机会，他要攒钱来开始自己的房地产投资，并随即实施。

下面让我们来对比一下罗伯特在为别人工作和为自己工作时的

情况：

1. 在施乐公司的工作

我卖出的施乐的机器更多了。因为我卖得越多，挣得钱也就越多，当然，我挣得越多，扣得也就越多，这可不是件振奋人心的事情，但我可以通过努力工作跳出作为一名雇员的陷阱。到1978年，我的销售业绩总是列在公司的前5名，并经常是第1名，尽管我一再受到公司的嘉奖，但我仍想跳出。

2. 在罗伯特公司的工作

在不到3年的时间中，我在自己的小房地产公司里挣到的钱比在施乐挣到的更多。而且我在自己的企业中挣到的钱，是完全为我所用的，这不像我去敲门推销施乐机器时所挣的钱，"富爸爸"的话越来越有用了。不久，我用自己公司的收入买了我的第一辆保时捷。施乐的同事认为我是用工资买的，可事实上，我正在不断地把工资投资于资产项目，而用资产项目为我生产出来的钱购买我想要的东西。

我的钱为我挣回更多的钱，在我的资产中，每一元钱都是一名雇员，它们努力工作并带回更多的雇员，而且还能用税前收入为我购买新的保时捷。我仍在继续努力地为施乐工作，但同时，我的计划也在按部就班地进行着，保时捷就是证明。

后面的结局不用说大家都很清楚，罗伯特先生最终跳出了"朝九晚六"的圈子，走上了独立发展的道路。

智慧感悟

俗话说："宁为鸡头，不做凤尾。"哪怕是做个小老板，也是极有发展前途的。哪个大富翁不是从小做大的？又有哪个大富翁不是自己当老板的（经济工作领域内）？为自己工作，同时也意味着别人来为你工作。诸多道理，都明白无误地告诉你："要致富，就得自己当老板。"

豪华的旅程

一对老夫妇省吃俭用地将4个孩子抚养长大，岁月匆匆，他们结婚已有50年了。拥有极佳收入的孩子们正秘密商议着要送给父母什么样的金婚礼物。

由于老夫妇喜欢携手到海边享受夕阳余晖，孩子们决定送给父母最豪华的爱之船旅游航程，好让老两口儿尽情徜徉于大海的旖旎风光之中。

老夫妇带着头等舱的船票登上豪华游轮，可以容纳数千人的大船令他们赞叹不已。而船上更有游泳池、豪华夜总会、电影院、赌场、浴室等，真令他们俩目不暇接、惊喜无限。

唯一美中不足的是，各项豪华设备的费用都十分昂贵，一贯节省的老夫妇盘算自己不多的旅费，细想之下，实在舍不得轻易去消费。他们只得在头等舱中安享五星级的套房设备，或流连在甲板上，欣赏海面的风光。

幸而他们怕船上伙食不合口味，随身带有一箱方便面，既然吃不起船上豪华餐厅的精致餐饮，只好以泡面充饥，如想变换口味，吃吃西餐，便到船上的商店买些西点面包、牛奶果腹。

到了航程的最后一夜，老先生想，若回到家后，亲友邻居问起船上餐饮如何，而自己竟答不上来，也是说不过去的。他和太太商量后，索性狠下心来，决定在晚餐时间到船上的餐厅去用餐，反正也是最后一餐，明天即是航程的终点，也不怕挥霍。

在音乐及烛光的烘托之下，欢度金婚纪念的老夫妇仿若回到初恋时的快乐。在举杯畅饮的笑声中，用餐时间已近尾声，老先生意犹未尽地叫来侍者结账。

侍者很有礼貌地问老先生："能不能让我看一看您的船票？"

老先生闻言不由生气："我又不是偷渡上船的，吃顿饭还得看船票——"嘟囔中，他拿出船票扔在桌上。

侍者接过船票，拿出笔来，在船票背面的许多空格中画去一格。同时惊讶地问："老先生，您上船以后，从未消费过吗?"

老先生更是生气："我消不消费，关你什么事!"

侍者耐心地将船票递过去，解释道："这是头等舱的船票，航程中船上所有的消费项目，包括餐饮、夜总会以及赌场的筹码，都已经包括在船票售价内，您每次消费，只需出示船票，由我们在背后空格注销即可。老先生您——"

老夫妇想起航程中每天所吃的泡面，而明天即将下船，不禁相对默然。

★智 慧 感 悟★

您是否曾经想过，在我们出生的那一刻，上天已经将最好的头等舱船票——天赋的智慧感悟交给了您。是的，您可以阅尽人生的大好风景，只要您愿意出示您的船票——即发掘和展示您与生俱来的财商魅力。

马太效应

《圣经》中有这样一个故事：

一位富人将要远行去国外，临走之前，他将仆人们叫到一起并把财产委托给他们保管。主人根据每个人的才干，给了第一个仆人五个塔伦特（注：古罗马货币单位），第二个仆人两个塔伦特，第三个仆人一个塔伦特。

拿到五个塔伦特的仆人把它用于经商，并且赚到了五个塔伦特；同样，拿到两个塔伦特的仆人也赚到了两个塔伦特；拿到一个塔伦特的仆人却把主人的钱埋到了土里。过了很长一段时间，主人回来了。拿到五个塔伦特的仆人带着另外五个塔伦特来见主人，他对自己的主人说："主人，您交给我五个塔伦特，请看，我又赚了五个。"

"做得好！你是一个对很多事情充满自信的人，我会让你掌管更多的事情。现在就去享受你的土地吧。"同样，拿到两个塔伦特的仆人带着他另外两个塔伦特来了，他对主人说："主人，您交给我两个塔伦特，请看，我又赚了两个。"

主人说："做得好！你是一个对一些事情充满自信的人，我会让你掌管很多事情。现在就去享受你的土地吧。"最后，拿到一个塔伦特的仆人来了，他说："主人，我知道您想成为一个强人，收获没有播种的土地。我很害怕，于是就把钱埋在了地下。看那里，埋着你的钱。"

主人斥责他说："又懒又缺德的人，你既然知道我想收获没有播种的土地，那么你就应该把钱存在银行，等我回来后连本带利还给我。"说着转身对其他仆人说："夺下他的一个塔伦特，交给那个赚了五个塔伦特的人。"

"可是他已经拥有十个塔伦特了。"

"凡是有的，还要给他，使他富足；但凡没有的，连他所有的，也要夺去。"

这个故事出于《新约·马太福音》。20 世纪 60 年代，知名社会学家罗伯特·莫顿首次将"贫者越贫，富者越富"的现象归纳为马太效应。

★智慧感悟★

在人类资源的分配上，马太效应适用的领域越来越广泛。经济学规律告诉我们，财富的增减有时候是以几何的形式在呈现。每一个有志于扩张财富的人，都应掌握财富增长的规律，去实现自己的计划。

穷则思变

凯瑟琳是一位普通的美国妇女，她先后生了两个女儿，仅靠诚实的丈夫在一家工厂做工，所得工资并不十分丰厚，一家四口的生活甚是拮据。

凯瑟琳决定自己动手，改善目前家庭经济困难的现状。这也是一个偶然的机会撞上门来，这天傍晚，丈夫邀了几位朋友，说是到家里来玩玩，凯瑟琳便去准备晚餐。其实，朋友来玩是丈夫虚晃一枪，请朋友品尝凯瑟琳做的菜看才是真。

凯瑟琳确实有一手很好的烹饪技术，但这么匆忙，丈夫事先又没交代有朋友来吃饭，来不及做什么准备，凯瑟琳只好随便做了几道家常菜。但就是这几道家常菜，使丈夫的朋友吃得赞不绝口。有个朋友心直口快，对凯瑟琳说："你的烹饪技术最低都可拿个二级职称，开家餐馆，顾客一定会很多。"

另一个朋友也附和，说："我走南闯北，跑东跑西，能吃上你这样好口味的菜并不多。"

凯瑟琳听了朋友的夸奖，心里自然高兴。但她觉得马上就去开一家餐馆，从自己的技术方面考虑，条件是具备了，但要租铺面、添设备，其资金就一时难于解决。她想到开餐馆的这两个条件只具备一个技术条件，认为时机还未成熟。这时，她看到朋友们的酒兴正浓，便想去做一些点心送上桌再给他们助酒兴，于是又下厨房去了。

不久，凯瑟琳端上点心，朋友们先闻着香味，再品尝到味道，又是一阵叫好。于是又有朋友说："你就开家食店，专卖这种点心，保证能赚。"凯瑟琳说："我是想开个食店卖点心，就在家里做，只要早晨在门口出个摊位就行了。"

这样，凯瑟琳便每天早晨出摊卖起自己做的点心了。她规定，一次做10斤面粉。由于她做出的点心色香味俱全，早上摆出去，采取薄利多销，很快就卖完了。到后来，一些顾客熟了，来迟了见没有了点心，还会到她家里来寻找，往往把留下给自家人吃的点心都一起拿走。有的顾客要她多做一些。凯瑟琳不多做，说是留下一些市场余额，创造第二天快卖的机会。

凯瑟琳卖点心，仅一个多月的时间，所赚的钱比丈夫的工资要高出3倍多。凯瑟琳觉得，卖这种点心虽然赚钱，但仅能帮助一些人解决早餐的问题，若是作为一种商品向社会行销，没有品牌的名分，这就有困难了。于是，她开始寻找新产品。这也是该当机会送上她的门来。

几个月后，她到一家书店逛了一次，发现了一本新出的《糕点精选》的书，其中有一则醒目的广告，是宣传全麦面包的。据广告上所说，这是一种富含丰富维生素的保健食品，不管老少吃了都有好处。并指出，由于过去对这种糕点制作方法过于粗糙，致使成品面包色泽暗黑，很长时间没能在社会上推广开来。现在，已经有了一种新的制作方法，使做出来的面包不失原有丰富营养而又色、香、味俱全。凯瑟琳越看心里越高兴，她还看到这种糕点是用全麦面粉和纯白面粉各自调和后压成薄层，再分层叠成若干后卷成卷，这就叫"千层卷"。这一制作面包的新方法，已经获得专利权，专利权所有者正寻找合作者。

凯瑟琳看完广告，她觉得这才是自己创业的机会。因为这种"千层卷"水分低，既便于长期保存，又符合人们在美食和保健两方面的需要，投放市场，必受顾客欢迎。凯瑟琳心里说："我就抓住这个机会，下定决心做这个。"

凯瑟琳凑钱买专利，钱不够，她决定抵押房屋。丈夫起初不同意，但凯瑟琳决心已定，她做丈夫的思想工作，丈夫见她铁了心，也就同意了。

凯瑟琳先买下做这种新式面包的专利权和一些必要的设备，余下一部分钱作为流动资金。她将自己开的面包店起名为"棕色浆果烤炉"，在开业之前，她把全家人召集到一起，让全家人为经营好面包店想办法，出点子。说是要迈好第一步，还要准备迈出第二步、第三步，要树立长久之计，一定要使事业得到发展。

全家人围绕着如何经营好这个面包店，各自都发表了意见。凯瑟琳最终将大家的意见综合为 4 项准则，作为"棕色浆果烤炉"的经营之本。

第一，顾客是上帝。凯瑟琳认为应该让自己的面包去符合消费者，要保证所卖的面包永远是"最新鲜的食品"。为此，凯瑟琳要求在面包的包装纸上一律注明生产日期，严格禁止出售超过 3 天的面包。

第二，要赚应该赚的钱。在面包的包装纸上一律注明面包的生产成本和利润，让消费者心中有数。

第三，为经销商提供优质的服务。按照地区排定循环时间表，每隔 3 天，将烤好的新鲜面包用车直接送到经销店内。如果 3 天前烘制的面包没卖完，用车如数带回来。如果面包的销路好，经销商可以随时用电话订货。

第四，诚实不欺。这是一条做人的道理，凯瑟琳用来作为她的经营原则。一天，运货员乘车从几家偏僻的经销店收回了一些过时的面包。返回途中在一家人口稠密的经销店旁停车，立刻围上许多人来要买车上的面包，其中还有几个记者。

运货员解释这是超过了一天时间的面包，是要拉回的，不能卖给大家。有的人不相信，硬要爬上车来取面包。运货员在一旁劝说不要这样强买，本店有新鲜面包，只要大家在这里等一会儿，他马上用车送来。

几位记者见如此做到诚实不欺，便悄悄摄下了一张照片，并将获得的这一独家新闻，写了一篇文章登在报纸上，产生极大轰动。凯瑟琳公司的面包新鲜，一时传得沸沸扬扬，使生意更加火爆起来。

凯瑟琳只用了十几年的时间，便把一个家庭式的小面包店，发展成为一家具有现代化设备的大企业，每年的营业额由 2 万多美元，增长到 400 多万美元，凯瑟琳也跻身于世界经济强人之列。

★智慧感悟★

　　财富就像一棵树，是从一粒小小的种子开始长起来的，你所拥有的第一个铜板，就是种子，将来就会长成财富大树。贫困并不代表什么，说白了，它就是你寻求变化的一个先决条件罢了。

从爱钱开始

乔·坎多尔弗出生在美国肯塔基州的瑞查孟德镇，1960 年，当他的第一个孩子米切尔降生时，每周 56 美元的收入使这位数学教师的家庭生活出现了困难，他开始觉得钱是多么的重要了。

在坎多尔弗就读于迈阿密大学时，一家人寿保险公司曾向他出售过保险；现在，这家公司寄希望于他向大学生们推销各种保险。在基本通过资格测验后，保险公司录用了他，并答应每月付给他 450 美元，条件是他必须在未来的 3 个月中出售 10 份保险或赚取 10 万美元的保险收入。

这对于只是个数学教师的坎多尔弗来说，真是太难了。但是，他太需要钱了，同时他的妻子也很支持他，他努力熟悉每一件与人寿保险有关的事情。为了奋斗，他在警察局以每月 35 美元租了间小屋，并把妻子送回娘家。他给自己制订好了计划，可事情与他预料的大不相同：在工作的第一天，他花了 16 个小时与 7 人谈生意，却没有一个成功的，他停食一天以示惩罚。

但他没有灰心，不断的努力使他在第一个星期就获得了 92000 美元的销售额。

同年 12 月，坎多尔弗再次与保险公司签订了 6 个月的代理商合同。同时，作为对坎多尔弗的鼓励，公司付给他 18000 美元的酬金和奖励金。从那时起，坎多尔弗就知道了他这辈子应该干什么，他找到了终身的职业。

为了干得更好，每天坎多尔弗要比别人多干几个小时，别人的一年相当于他的一年半。

坎多尔弗不仅延长工作时间，还能有效地利用时间。

坎多尔弗在他的工作时间内，从不干没目的的事。他每天的吃饭均有意义：如果他与某人一起吃饭，则那人或许是一位顾客，或许是一位能有助于坎多尔弗赚钱的人；如果他单独一人吃饭，则他或许在接电话，或许在阅读与他的经营业务有关的资料。一天之内他对人说的话均与工作有关系，他所阅读的每份资料都直接或间接地与他的经营业务有关。他把自己的经验告诉一位曾向他询问如何使销售额翻番的年轻人，结果，那个年轻人的销售额增加了3倍。

坎多尔弗恨不得把吃饭、睡觉的时间都用来工作。他说："我觉得人们在吃睡方面花费的时间太多了，我最大的愿望是不吃饭、不睡觉。对我来说，一顿饭若超过15~20分钟，就是浪费。"

皇天不负苦心人，1976年，坎多尔弗的推销额达10亿美元。"百万美元推销员俱乐部"的加入条件就是年销售额100万美元，坎多尔弗的销售额大大超过了绝大多数保险公司的年销售总额。

坎多尔弗在谈到自己的成功时说："我成功的秘密相当简单，为了赚到钱，我可以比别人更努力、更吃苦，而多数人不愿意这样做。"

坎多尔弗的故事足以说明问题，只有你需要钱，爱钱，对财富充满强烈的欲望，你就会为了实现你的欲望而比别人更努力、更吃苦，最终拥有别人意想不到的财富。

★智慧感悟★

赚钱的欲望很重要。心中常存想要富有的欲望，行动上便会信心十足。如果再辅之以必胜的决心和毅力，就一定能得到你所渴望的第一桶金。

你天生就应该富有

20世纪伟大的心灵导师戴尔·卡耐基曾经听母亲说过："树枝往哪个方向弯，树就往哪个方向长。"所以，如果你想成为一个富人，那么请尽量让你的生命向财富靠拢。

有些人天生带着财富而来，垂垂老矣时却已经坐吃山空；有些人出生在一贫如洗的家庭，却如变魔术一般成就了财富的奇迹；还有些人一生拮据，即使到了暮年贫穷的生活也依旧没有改变。三种境遇，三种人生，你想成为其中的哪一种？

其实，这三种人虽然并未站在同一条起跑线上，奔跑的路线也有所区别，但终点是同一个，那就是财富的巅峰，所有人天生都该成为富人，只要你能像约翰逊一样，在心中种下一颗渴望成功的种子，并在合适的机会生根发芽。

美国黑人出版家约翰逊是美国最有权力、最富有的黑人商人。他凭借自己创办的《黑人文摘》杂志，进入了《财富》排行榜，这也是对持有种族歧视的白人有力的反击。

24岁时，贫穷的约翰逊以母亲的家具作为抵押，开办了一家小小的出版公司，创办了他的第一本杂志《黑人文摘》。

为了提高杂志的可读性，扩大发行量，他不断改进编辑方针，公开反对种族歧视，他还有一个非常大胆的想法：组织一系列以《假如我是黑人》为题的文章，请白人在写文章的时候站在黑人的角度，严肃地看待这个问题。在这个想法刚刚成型的时候，他就想："如果请罗斯福总统的夫人埃莉诺来写一篇这样的文章，一定可以扩大影响。"

约翰逊为自己天才的想法激动万分，并立刻将之付诸行动，给罗斯福夫人写了一封请求信："埃莉诺夫人您好，恳请您为我的杂志写一篇文章，好吗？"

没过多久，罗斯福夫人就给约翰逊回信了："对不起，我太忙了，没有时间写。"

约翰逊并没有退缩，因为他深知这件事对于自己的杂志，乃至自己的一生的重要意义。所以，一个月后，约翰逊又给罗斯福夫人发去了一封信："夫人，真诚地恳请您为我的杂志写一篇文章。"可是夫人仍然回信说："对不起，我太忙了。"看到埃莉诺夫人回信的约翰逊并没有因此放弃，他心里始终有个信念："下一次一定会成功。"

此后，每过一个月，约翰逊就给罗斯福夫人写一封信。虽然言辞越来越恳切，但夫人还是回信说："我连一分钟的空闲也没有。"可是约翰逊依然坚持发信，他始终相信自己的杂志一定能够获得读者的认可，自己也一定能取得成功，而罗斯福夫人的这封信，正是打开成功之门的那把钥匙。

机会终于来了，一天，约翰逊在报上看到了罗斯福夫人在芝加哥发表谈话的消息。于是，他决定再试一次。他首先打了一份电报给罗斯福夫人，说："请问您是否愿意趁在芝加哥的时候为《黑人文摘》写一篇文章？"

再次接到约翰逊的信，罗斯福夫人被约翰逊的毅力深深打动了，她对身边的人说："像约翰逊这样的人，一定会成功。"她马上按约翰逊的要求寄去了文章。结果，《黑人文摘》的发行量在一个月之内由5万份增加到15万份。这次事件成为约翰逊事业的重要转折点。由此，约翰逊的出版公司开始踏上了真正的征途，后来成为美国第二大黑人企业。

这则故事说明：一个人能否致富与环境好坏无关，与个人的天赋无关，与个人的背景无关，致富并非是不能完成的事情。

约翰逊没有优越的家庭背景，没有过人的天赋和智慧，甚至没有高人一等的学历或人生阅历，但他始终坚信自己会成功，所以，他做成了别人没有完成的事情。

让生命之树的枝丫向着财富阳光生长吧！阳光下，在茂密的枝叶间跃动的光影精灵，全部是关于财富的秘密。

★智慧感悟★

事实上，我们每个人都应该成为一名富人，但世界上只有少数人成为了富人，这是为什么呢？因为很多人在内心深处并没有这样的想法，他们认为自己无法成为富人，因而放弃了尝试。这类人是最悲哀的。我们每个人都能成为富人，只要我们努力，就一定可以成功。

陶朱公的无奈

范蠡迁居陶地之后，自称陶朱公。朱公有 3 个儿子，他们性情殊异，完全不像父亲。

有一年，老二因杀人罪被囚在楚国。朱公的妻子忧心如焚，整日哭哭啼啼，央求朱公搭救儿子。朱公无奈，只得设法托人求情。他吩咐小儿子说：

"唉，杀人偿命这是常理。不过千金之家的儿子不该死在法场……你去求求庄生吧，他是我的好朋友，多多带些黄金，供他通关节之用……"

小儿子准备启程，老大却不答应。他与父亲争辩道：

"我是长子，二弟有难，父亲不遣我去，而遣小弟，这是让人家说我不肖，我不如自杀……"

"唉，让小儿子去未必能救出老二，还是叫老大去吧，不然老二死活不知，再先死了个老三，不是祸上加祸吗？"妻子也劝朱公。朱公没有办法，只得改遣老大。

朱公写了一封密信，交给大儿子，说：

"老大，这封信是写给庄生的，你到那里先把黄金交给他，一切听他的安排，小心谨慎，千万不能与他争辩……唉，我不大放心呀！"

"父亲勿虑，儿会见机行事……"

老大收起黄金，自家先留下百两，然后将剩余的装入牛车，奔楚国而去。

老大找到庄生，将黄金和书信交给他。庄生看罢信，叮嘱老大道：

"这事交给我了，我会设法办妥。你立刻离开这里，万不可久留。你二弟放出后，你不要问是怎么出来的……记住！"

老大走后，庄生将朱公赠金保存起来，拿出自己的积蓄派人送给楚国贵人，以通关节。

不久，庄生见到了楚王，说：

"吾观星辰，将有灾星降楚……"

"何以免灾？"楚王急切地问。

"独以德为可以除之！"

"好吧，寡人下令大赦天下……"楚王眉头舒展了。

楚国贵人得知大赦的消息，马上转告了老大，老大反问道：

"何以知之？"

贵人说：

"每次大赦之前，都是先封三钱之府，防备盗窃。昨晚君王已经下令将钱府封上了……"

老大惊喜万分，心想："真是苍天保佑，楚王大赦，二弟必定释放，何必再花千金之财求助庄生？"他急奔城郊茅舍，找到庄生。

"老大，你怎么还在城内？"庄生惊讶地问。

"二弟没事喽，楚王大赦天下，他一定会平安归家……所以不必再麻烦您了，那黄金我打算带回去……"老大眉飞色舞地说。

"唉！"庄生惋惜地说，"黄金分文未动，你拿走吧……"庄生本是廉洁之士，闻名楚国，楚王与楚国大夫对他以师相敬。他本来不打算收下朱公黄金，准备事成之后全部送回。然而老大是个财迷，根本没想到这一层，连父亲的叮嘱也忘得一干二净。

老大复得黄金，暗自欢喜。庄生却气得浑身发抖，他马上面见楚王，禀告道：

"臣听见路上行人皆言富豪陶朱公之子，杀人囚楚，其家多持重金贿赂大王左右，大王岂能为朱公子而大赦？"

楚王勃然大怒：

"寡人虽不德，岂可以朱公之子而施惠乎！"

于是下令先杀了朱公儿子，明日再大赦天下。

老大把二弟的棺椁带回了家。亲人和乡邻十分哀伤，只有朱公仰天大笑：

"我早已断定你这次去楚国必会害了老二，不是你不救二弟，而是你太爱钱财。这不怪你，你从小跟我一起，知道钱财来之不易、生计艰难……而你三弟生在富家，不吝惜金钱，所以我叫他去……算了，莫要悲伤，这一切全是合乎事理的！"

★智慧感悟★

　　范蠡是久经沧海的人，他知道酷爱钱财的人往往办不成什么大事，而那些善于在关键时刻挥金似土的人往往能成大事。他深知自己的大儿子惜钱如命，哪里会救出自己的二弟呢？因财毁人、因财毁义的事屡见不鲜，关键不在财，而在人心。贪心不足蛇吞象，因此，养成正确的金钱观比赚取金钱更重要。

第二章

从"小钱"开始起步

只要你有足够的才智，只要你善于思考，那么任何一样物品，任何一件事情，都可以挖掘出非凡的价值！只要善于把握机会，再小的钱也会起到很大的作用。

吃蛋原理

一个人家里养了一只母鸡，这只母鸡每天为他下一个鸡蛋。对于这只鸡及其下的蛋，他有 3 种选择：

1. 坚持每天吃一个蛋（收支平衡）。

2. 每天吃一个蛋总感到不过瘾，有一天狠下心杀了母鸡吃掉（透支消费）。

3. 先不吃鸡蛋，等到第 10 天有了 10 个鸡蛋时，把它们孵成小鸡。假如其中死掉 20%（2 只），成活了 4 只公鸡、4 只母鸡；过了一段时间，4 只小母鸡再加上那只老母鸡每天总共能产 5 个蛋，这时，仍然不急于吃鸡蛋，等到第 10 天时，便有了 50 个鸡蛋，再把这 50 个鸡蛋孵成小鸡。如此循环往复数月，让这些母鸡每天产蛋达到 1000 个，这时候，主人即便是每天吃 5 个鸡蛋也没有什么影响了。

以上"吃蛋原理"在企业的经营中具有现实意义。应该说，在我们身边的企业中，类似于上述的 3 种情况都是存在的。

有的企业，刚刚有了一点成绩，就"分而食之"，没有积累的意识。这种企业，一方面不可能取得更大的发展；另一方面由于没有实力的积累，一旦企业的外部形势不好，它就可能因为缺乏起码的抵抗力而倒掉——这种看似收支平衡的企业，实际上隐藏着很大的危机。企业的发展，不仅需要积累的意识，积累的数量也是非常重要的；如果积累的数量不够，企业的生存和继续发展的基础同样不稳固。

另一种企业，采取的是上面讲到的第二种做法，不但消耗了仅有的一点成绩，最后连赖以生存的原始基地也被"消费"掉，这种透支消费的做法是最不可取的，其结果只能是早早地被淘汰出局。

而有远见的企业都会采取第三种做法，在发展初期尽量压缩消费，进行有意识的积累，并且不断地利用积累发展自己的实力，只有这样，企业的雪球才会越滚越大。达到一定的规模后，适当的消费也不会影响企业的继续发展。

勤劳与节俭，是绝大多数人致富的必由之路；相反，懒惰与奢侈，会让人堕落、贫穷，甚至失去生存的权利。这些道理同样适用于企业，如果中国有更多"不吃蛋"或者"少吃蛋"却不断"孵小鸡"的企业和企业家，中国的富强一定是有希望的。但是，勤劳与节俭，说起来容易做起来难，一直保持这种作风尤其不易。不经意、讲面子、欺下瞒上……任何时候的任何借口都会导致企业家一时的脆弱。积少成多的道理人人都心知肚明，但只有很少人能够做到，其实只要能做到这一点，人必定是个有自制力的人，企业必定是个有发展潜力的好企业。

★智慧感悟★

积累是资产得以壮大的基本要素之一。无论是企业，还是个人，只有做好发展的原始积累，才能让钱真正为我们工作。

别把硬币不当钱

亚凯德转向一位自称卖蛋的节俭人说："假使你每天早上收进 10 枚蛋放到蛋篮里，每天晚上你从蛋篮里取出 9 枚蛋，其结果是如何呢？"

"时间久了，蛋篮就要满溢啦。"

"这是什么道理？"

"因为我每天放进的蛋数比取出的蛋数多一枚呀。"

"好啦，"亚凯德继续说，"现在我向你介绍发财的一个秘诀，你们要照我说的去做。因为你把 10 块钱收进钱包里，但你只取出 9 块钱作为费用，这表示你的钱包已经开始膨胀。当你觉得手中钱包重量增加时，你的心中一定有满足感。"

"不要以为我说得太简单而嘲笑我，发财秘诀往往都是很简单的。开始，我的钱包也是空的，无法满足我的发财欲望，不过，当我开始放进 10 块钱只取出 9 块花的时候，我的空钱包便开始膨胀。我想，各位如果如法炮制，各位的空钱包自然也会膨胀了。"

富有的人的成功并不是起点很高，并不是一开始就想着要做大生意，赚大钱。他懂得，凡事要从细小的地方入手，一步一步进行财富的雪球才会越滚越大。

凡事从小做起，从零开始，慢慢进行，不要小看那些不起眼的事物。这一道理从古至今永不衰竭。

有个叫哈罗德的青年，开始只是一个经营一家小型餐饮店的商人。他看到麦当劳里面每天人潮如水涌的场面，就感叹那里面所隐藏的巨大的商业利润。

他想，如果自己可以代理经营麦当劳，那利润一定是极可观的。

他马上行动，找到麦当劳总部的负责人，说明自己想代理麦当劳的意图。但是负责人的话给哈罗德出了一个难题——麦当劳的代理需要 200 万美元的资金才可以。哈罗德不仅没有足够的金钱去代理，还相差甚远。

哈罗德并没有因此而放弃，他决定每个月都给自己存 1000 美元。于是每到月初的 1 号，他都把自己赚取的钱存入银行。为了害怕自己花掉手里的钱，他总是先把 1000 美元存入银行，再考虑自己的经营费用和日常生活的开销。无论发生什么样的事情，都一直坚持这样做。

后来，哈罗德的收入增加了，他的存款也随之增加了。就这样，他坚持了 6 年。6 年后，他的账户里竟然有了 50 万美元。由于他总是在同一个时间——每个月的 1 号去存钱，连银行里面的服务小姐都认识了他，并为他的坚韧所感动！

现在的哈罗德手中有了 50 万美元，是他长期努力的结果。但是与 200 万美元相比仍然是远远不够的，后来麦当劳负责人知道了这些，终于被哈罗德的不懈精神感动了，当即决定把麦当劳的代理全部交给哈罗德。

就这样，哈罗德开始迈向成功之路，而且在以后的日子里不断向新的领域发展，成为一代巨富。

如果哈罗德没有坚持每个月为自己存入 1000 美元，6 年后就不会有 50 万美元了。如果当初只想着自己手中的钱太微不足道，不足以成就大事业，那么他永远只能是一个默默无闻的小商人。

为了让自己心中的种子发芽，哈罗德从 1000 美元开始慢慢充实自己的口袋，而且长达 6 年之久，终于感动了负责人，也开始了他自己的丰富人生。

★☆★☆★☆★ 智慧感悟 ★☆★☆★☆★

万丈高楼平地起。你不要认为为了一分钱与别人讨价还价是一件丑事，也不要认为小商小贩没什么出息。金钱需要一分一厘地积攒，而人生经验也需要一点一滴地积累。在你成为富翁的那一天，你就会明白：积累财富也是一种理财的表现，在我们消费的过程中，就不能把硬币不当钱，我们要学会节约每一分钱，做一个理财高手。

从"小钱"开始起步

美国佛罗里达州的一名 13 岁学生萨和特，他曾经替人照看婴儿以赚取零用钱。留意到家务繁重的婴儿母亲经常要紧急上街购买纸尿片，于是他灵机一动，决定创办打电话送尿片公司，只收取 15% 的服务费，便会送上纸尿片、婴儿药物或小件的玩具等东西。他最初给附近的家庭服务，很快便受到左邻右舍的欢迎，于是印了一些卡片四处分送。结果业务迅速发展，生意奇佳，而他又只能在课余用单车送货，于是他用每小时 6 美元的薪金雇用了一些大学生帮助他。现在他已拥有多家规模庞大的公司。

1996 年被美国《财富》杂志评定为美国第二大富豪的巴菲特，被公认为股票投资之神。他也是以"小钱"起家的典型。巴菲特在 11 岁就开始投资第一张股票，把他自己和姐姐的一点小钱都投入股市。刚开始一直赔钱，他的姐姐一直骂他，而他坚持认为持有三四年才会赚钱。结果，姐姐把股票卖掉，而他则继续持有，最后证明了他的想法。

巴菲特 20 岁时，在哥伦比亚大学就读。在那一段日子里，跟他年纪相仿的年轻人都只会游玩，或是阅读一些休闲的书籍，他却大啃金融学的书籍，并跑去翻阅各种保险业的统计资料。当时他的本钱不够又不喜欢借钱，但是他的钱还是越赚越多。

1954 年他如愿以偿到葛莱姆教授的顾问公司任职，两年后他向亲戚朋友集资 10 万美元，成立自己的顾问公司。该公司的资产增值 30 倍以后，1969 年他解散公司，退还合伙人的钱，把精力集中在自己的投资上。

巴菲特从 11 岁就开始投资股市，历经几十年坚持不懈。因此，他认为，他今天之所以能靠投资理财创造出巨大财富，完全是靠近 60 年的岁月，慢慢地创造出来的。

比尔·盖茨强调，千万别自大地认为你是个"做大事、赚大钱"

的人，而不屑去做小事、赚小钱。要知道，连小事也做不好、连小钱也不愿意赚或赚不来的人，别人是不会相信你能做大事、赚大钱的！如果你抱着这种只想"做大事、赚大钱"的心态去投资做生意，那么失败的可能性很高！

★★★★★ 智慧感悟 ★★★★★

　　"先做小事，先赚小钱"可培养自己踏实的做事态度和金钱观念，这对日后"做大事、赚大钱"以及一生都有莫大的助益！

700万美元这样筹集

1968年春，罗伯·舒乐博士立志在加州用玻璃建造一座水晶大教堂，他向著名的设计师菲力普·强生表达了自己的构想。

"我要的不是一座普通的教堂，我要在人间建造一座伊甸园。"

强生问他预算，舒乐博士坚定而坦率地说："我现在一分钱也没有，所以100万美元与400万美元的预算对我来说没有区别，重要的是，这座教堂本身要具有足够的魅力来吸引捐款。"

教堂最终的预算为700万美元。700万美元对当时的舒乐博士来说是一个不仅超出了能力范围也超出了理解范围的数字。

当天夜里，舒乐博士拿出一页白纸，在最上面写上"700万美元"，然后又写下了10行字：

一、寻找一笔700万美元的捐款。

二、寻找7笔100万美元的捐款。

三、寻找14笔50万美元的捐款。

四、寻找28笔25万美元的捐款。

五、寻找70笔10万美元的捐款。

六、寻找100笔7万美元的捐款。

七、寻找140笔5万美元的捐款。

八、寻找280笔2.5万美元的捐款。

九、寻找700笔1万美元的捐款。

十、卖掉1万扇窗户，每扇700美元。

60天后，舒乐博士用水晶大教堂奇特而美妙的模型打动富商约翰·可林捐出了第一笔100万美元。

第65天，一位倾听了舒乐博士演讲的农民夫妻，捐出第一笔1000美元。

90天时，一位被舒乐博士孜孜以求精神所感动的陌生人，在生日的当天寄给舒乐博士一张 100 万美元的银行本票。

8 个月后，一名捐款者对舒乐博士说："如果你的诚意和努力能筹到 600 万美元，剩下的 100 万美元由我来支付。"

第二年，舒乐博士以每扇 500 美元的价格请求美国人认购水晶大教堂的窗户，付款办法为每月 50 美元，10 个月分期付清。6 个月内，一万多扇窗户全部售出。

1980 年 9 月，历时 12 年，可容纳一万多人的水晶大教堂竣工，成为世界建筑史上的奇迹和经典，也成为世界各地前往加州的人必去瞻仰的胜景。

水晶大教堂最终造价为 2000 万美元，全部是舒乐博士一点一滴筹集而来的。

不是每个人都要建一座水晶大教堂，但是每个人都可以设计自己的梦想。每个人都可以摊开一张白纸，敞开心扉，写下 10 个甚至 100 个实现梦想的途径。

智慧感悟

很多事情就是从一张纸、一支笔以及一个清单开始的。从零开始有各种好处，其中之一就是可以瞎想，并且如果你有恒心毅力和足够的坚持，某些瞎想是可以实现的。

"小气"的三星

宁波三星集团是全球最大的电能表生产基地，但就是这样一家企业，却"小气"得很。下面一则故事很能说明它的"小气"。

不久前，一笔业界瞩目的"大买卖"在三星成交：阿根廷客商萨瓦斯先生在实地走访了国内几家知名空调企业后，把一份价值500万美元的订单下达给了宁波三星旗下的公司奥克斯空调公司。这个数值，约占到萨瓦斯此番在华空调采购总量的4/5。其在奥克斯逗留期间发生的一段故事，或许对此有推动作用。

那次，有5家空调企业被列入该海外采购团的考察行程表——都是先前已有了初步意向，只等最后定夺——外商一行3人进入厂区后，照例是参观展厅，听企业介绍，然后考察生产现场。在车间一圈走下来，正好到了员工下班去吃午饭的时间。萨瓦斯先生游移的目光，忽然被一名普通的流水线操作工吸引住了。因为，那人的动作有点"怪"：单腿跪在地上，弓着身子，用一把扫帚费力地从操作台底下向外拨拉着什么。

钱币？戒指？萨瓦斯先生不觉在她背后停住了脚步，饶有兴味地看她到底能找出什么宝贝来。

不一会儿，扫帚底下出现一枚小小的螺丝钉，过了一会儿，又是一枚。那位员工这才直起身子。看着她把螺丝钉归入专门的盛具，萨瓦斯先生很感意外，没想到费这么大劲只是为了找两枚螺丝钉。

既然已到中午，厂方便准备了午餐。参观车间后一直若有所思的萨瓦斯先生，随接待人员来到了餐厅——员工餐厅。饭菜极简单，但很精美，两荤一素，装在不锈钢托盘上，外加一道汤。因为是贵宾，所以有两点搞了"特殊化"：一是没让他像员工一样排队依序打饭，而是由陪同的空调公司老总吴方亮代劳了；二是没跟员工坐在一起，而被请进了与外间隔一道玻璃的"干部相谈室"里——据说那是三星经理人员利用午餐时间互相沟通交流、"开小会"的地方。在这里用餐的，还有该公司的几名外籍员工。

三天后，吴方亮就接到了萨瓦斯的确认电话。后者表示他已决定于次日飞赴宁波。不过这次不再是考察，而是专程到奥克斯签约！他坦陈，奥克斯的企业实力和产品优势，与其他几个同为中国顶尖品牌相比倒也"并不突出"，但"一顿快餐、二枚螺钉"的经历给他留下了极为深刻的印象。

三星有一套"秃头论证"的理论，很耐人寻味。它含有这样的问题：少一根头发能否造成一个秃头——回答说不能；再少一根怎么样——回答说还是不能。这个问题一直重复下去，到后来，回答却是已成为秃头了。而这在一开始是遭到否定的。

★智慧感悟★

理财是一门精深的学问，如果不是从一枚螺钉、一张白纸抓起，厉行节俭，突变就会在不知不觉中来临。

从细处开始精明

哈同是旧中国闻名上海滩的"大班"，控制着大上海一半以上的房地产，财富难以计数。但是，这个闻名一时、富甲一方的犹太大亨，刚到中国时一文不名。

当时，年仅24岁的犹太人哈同尾随嘴叼雪茄的洋商贾与身带枪炮的洋鬼子，流浪到了旧中国的大上海。其时，他孤零一身、囊空如洗，靠他父亲在上海的老朋友介绍，才勉强到沙逊洋行混了个看门的差事，住在又脏又臭的勤杂工宿舍。

看门本是一个不能发财的下等差事，可哈同一干上就不一样了。只干了几天，他就对洋行上下了如指掌，特别是他还悉知：那些来洋行办事的，大多是来谈烟土等黑货生意的，于是他脑袋一晃，就想出了一个发财的鬼点子。

这之前，前来办事的只需和门卫打个招呼就被放进去，这回哈同的工作方法改变了。他在门口放了一本登记簿，来客一律要先登记，然后坐在门口的长凳上等候，按顺序进门。这下可把那些烟土商急坏了，因为他们急于将黑货出手。有些机灵的商人，猜透了哈同的用意，便拿出1元钱，轻轻塞入哈同手中，恳求道："我有急事，能不能通融一下？"哈同马上到里面跑一趟，出来说："请进吧。"

当排在前面的人提出质问时，他就用刚学会的中国话说："他的——生意——比你们的——紧急。"

久而久之，其他的商人也看出窍门来了，于是也在登记时塞给他1元钱。有个别的生意较大，需"货"较急的，还多加两元钱，要求"插号"。

这一看门方式的改变，不仅使哈同一天能多收入二三十元的外快，而且还给营业部管事留下一个聪明能干的好印象。因为，以前这位管事的办公室里，从早到晚总是挤满了客户，他们争先恐后地谈生意，吵得管事头晕目眩。忽然从某一天起，客商们秩序井然地有进有出，而且几乎所有大买卖都排在前头。管事颇觉纳闷，特意抽空去门口侦察了一番，才知"原来如此"，心中不觉对哈同另眼相看："这个犹太青年聪明能干，让他做看门人，岂不是大材小用！"

不久，营业部管事就找哈同谈话，表扬他工作认真、聪明能干，并问哈同对洋行业务有何高见。哈同怎肯放过这个在上司面前表现的机会，忙说："我看，用抵押的办法可以扩大营业额。"这话一下就说到了管事的心坎上。用抵押、期票，不仅可以增大营业额，而且大有发挥的余地。

就这样，哈同很快就得到了上司的赏识，并像坐直升机般被提拔为业务管事、领班及行务员，直到最后成为旧上海滩上首届一指的富豪。

★★★★★★★★★★★
智慧感悟
★★★★★★★★★★★

想到一个关键的"鬼点子"，就是打开一扇通往财富的窗户；把握一个蕴藏在商机的细节，就赢得了向前发展的资本。

巧用时间赚天下

有着大学学历的王仁昌，在中共十一届三中全会刚刚开过，头脑聪明嗅觉灵敏的他立即捕捉时机，用妹妹从别人手里借来的 260 元钱，在汉正街开始了商海生涯。此时的武汉三镇日渐繁荣，汉正街车水马龙，人流如潮。王仁昌的百货摊一人忙不过来，弟弟王仁忠便来帮忙。

1981 年春节之后，别人还蒙在鼓里，王氏兄弟就开始悄悄赊销武汉制伞厂的老式雨伞。3.7 元一把进，3.9 元往外批发，每把伞可净赚 0.2 元，下一次进货时结清上次赊的货款，一月可周转 2~3 次。勤扒苦做 3 个月，王氏兄弟的能耐和信誉在汉正街已是有口皆碑。不久，已有近十家商贩醒悟过来，以相同方式卖伞，而且批零兼营。竞争日益激烈，商贩间相互抓信息抢速度和钩心斗角，同拥挤热闹的汉正街一样紧张忙碌。

哥哥的知识智慧加上弟弟的实践经验，两兄弟很快就发现一种广州产的新式折叠伞款式新颖，小巧玲珑，且伞的色彩鲜艳，销路肯定会更好。必须抢在别人前面抓住机会！但手里的钱远远不够，赊销别人不干。此时，两兄弟因信誉好，同伞厂的合同已改为一月一结，正好一个月的周期里把赊货赚来的钱拿去广州进货，卖完了再结武汉伞厂的钱。为了尽快在月初将赊货变成现金，兄弟俩一咬牙，决定每把伞以比进价还亏一毛的价格批发。"王仁昌的伞 3.6 元一把！"一时间，两兄弟的伞被里三层外三层的商贩疯狂抢购，而别人的伞堆积如山却无人问津。

两天之后，兄弟俩冒着倾家荡产的风险，爬上南下的列车，在肮脏的硬座椅子底下一躺就是十几个小时。从广州发回的货，异常俏销，8 元进价卖 9.5 元，每天销 500 把伞，而且每周可周转 4~6 次，这意味着王氏兄弟卖广州货比卖武汉货每月可多赚 10 倍以上。王氏兄弟不投分文，却凭着自己精明的头脑，用别人的钱一次又一次得心应手地玩着"空手道"的游戏。

1985 年，兄弟俩抓住了一个机会，并再次以其出色才智，在 20 天内，以 1 万元资本做成一笔 370 万元的生意，净赚 60 万元，至今仍令武汉三镇的批发商叹为观止。

当时，武汉针棉织品批发公司准备将仓库里积压的价值 370 万元的手套、袜子、内衣、内裤一次性 5 折出手。汉正街很多人都知道这消息，可谁有本钱和胆量去一次吃进 185 万元的货？就在别人摇头叹息之时，王氏兄弟俩却在家里密谋策划，设计了一个使"自己的风险最小化，所获的利润最大化"的方案。

第二天，兄弟俩找到武汉粮食局百货经营部，提出两家联手吃下这一笔生意。实施步骤是：王氏兄弟俩以 1 万元现金交给粮食局作抵押金，粮食局作保并开具一张为期一月、数字为 185 万元的远期支票给针棉织品批发公司，让针棉织品公司出货。王氏兄弟负责一月内将货销完并付清支票款。兄弟俩进一步开出双方合作条件：利润二八分成，粮食局二，王家兄弟八。

如果王氏兄弟一月内不能销完货，将按支票额的 20% 向粮食局赔款。这时双方打着相同的小九九：粮食局有钱，但无经营才能，吃得下货却怕销不动；王氏兄弟没钱，但有经营才能，销得下货却吃不下货。双方一拍即合。

很快，这一优势互补的策划水到渠成。王氏兄弟将这批货按质量好坏和不同样式，照一定比例搭配成 3 万元至 5 万元一份，以原价7.5折发给了汉正街各批发商，一时间人人争抢提货。

期间，两兄弟又动脑筋：将市场细分，对症下药。按各批发商不同的经营风格和性格进行货物分配。比如老年人经营求稳求慢，周期较长，两兄弟就将质差价低的"死货"销给他们；而性格急、周转快的年轻商贩，就发给俏销的货，以加快周转速度。就这样，仅 20 天，针棉织品批发公司积压多年的内衣内裤就被兄弟俩销售一空！最后，两人以 1 万元的本钱净赚 60 万元。

★智慧感悟★

　　王氏兄弟经商获得成功的最大秘诀就是，在发财的机遇面前，巧妙地运用时间因素，将资金灵活运用，玩许多人还根本不敢尝试的"空手道"。

第三章

勿以钱少而不理财

不要因为钱少而忽视理财，要知道小钱就像零碎的时间一样，懂得充分运用，时间一长，其效果自然惊人。最关键的问题是，要有一个清醒而又正确的认识，树立一个坚强的理财信念和必胜的信心。

巴比伦富翁的秘密

在美国学者克莱松的《巴比伦富翁的秘密》一书中，作者通过巴比伦第一富翁之口，向人们阐述了七大发财秘诀。

第一秘诀：当你的钱袋里有 10 块钱时，最多只能花掉 9 块钱。

第二秘诀：一切花费都须有预算，人们应当把钱花在正当的事物上面。

第三秘诀：使每一块钱都替你挣钱，让金钱源源不断地流入你的钱袋。

第四秘诀：投资一定要安全可靠，这样才不会丧失财富。

第五秘诀：拥有自己的住宅。正如巴比伦国王用雄伟的城墙围绕城市，有坚定发财意志的人一定有能力建立自己的家园。

第六秘诀：为了防老和养家，应该尽早准备必需的金钱。

第七秘诀：培养自己的力量，从学习中获得更多的智慧，这样就会有自信去实现自己的愿望。

巴比伦的七大秘诀告诉了我们什么呢？让我们来看看它的含义吧！

这七大秘诀的实质是教人们怎样和金钱打交道：如何赚钱，如何存钱，如何花钱。

第一秘诀可称为"十分之一"储蓄法，其思想就是：不要让支出大于收入。花掉的钱只能换来衣食，而存下的钱却可以生出更多的钱。

第二秘诀教人们如何花钱，不要把支出和各种欲望搅在一起。预算使你有钱购买必需品，使你有钱得到应得的享受，也使你不至于在对欲望的无限追求中弄得入不敷出。

第三、第四秘诀是教人们投资，以及怎样投资。应该注意的是，在投资之前必须认识到其风险性——为求高利而冒险投机是不可取的。

第五秘诀强调的是产业和财富对人的成功有着巨大的积极意义。中国古语说："无恒产则无恒心。"当人们拥有自己的家园和产业时，才会因自豪而珍惜，才会更有信心，更加努力。

第六秘诀的实质是：为将来投资。在古代，通常的方式是把钱财埋藏起来，时至今日，我们已经有了更好的选择：投资于多种保险事业。

第七秘诀与前面六条不同，它讨论的主题不是金钱，而是金钱的主人。不是每个人都能赚到钱的，要做到这一点，你必须有强烈的信念和欲望，必须不断充实自己，必须不断进步。

★★★ 智 慧 感 悟 ★★★

拿破仑·希尔在《思考致富》一书中说道："大多数人之所以失败，就是因为他们不会持之以恒地想办法来克服失败。"假如你的第一个办法不能奏效，就换一个；假如这个还是不行，就再换一个，直到你找到有效的方法为止。

精心策划财富

杰米先生是个普通的年轻人，大约二十几岁，有太太和小孩，收入并不多。

他们全家住在一间小公寓里，夫妇两人都渴望有一套自己的新房子。他们希望有较大的活动空间、比较干净的环境、小孩有地方玩，同时也增添一份产业。

买房子的确很难，必须有钱支付分期付款的头款才行。有一天，当他签发下个月的房租支票时，突然很不耐烦，因为房租跟新房子每月的分期付款差不多。

杰米跟太太说："下个礼拜我们就去买一套新房子，你看怎样？"

"你怎么突然想到这个？"她问，"开玩笑！我们哪有能力！可能连头款都付不起！"

但是他已经下定决心："跟我们一样想买一套新房子的夫妇大约有几十万，其中只有一半能如愿以偿，一定是什么事情才使他们打消这个念头。我们一定要想办法买一套房子。虽然我现在还不知道怎么凑钱，可是一定要想办法。"

下个礼拜他们真的找到了一套两人都喜欢的房子，朴素大方又实用，头款是1200美元。现在的问题是如何凑够1200美元。他知道无法从银行借到这笔钱，因为这样会妨害他的信用，使他无法获得一项关于销售款项的抵押借款。

皇天不负有心人，杰米突然有了一个灵感，为什么不直接找承包商谈谈，向他私人贷款呢？他真的这么做了。承包商起先很冷淡，但由于杰米一再坚持，终于同意了。他同意杰米把1200美元的借款按月交还100美元，利息另外计算。

现在杰米要做的是，每个月凑出100美元。夫妇两个想尽办法，一个月可以省下25美元，还有75美元要另外设法筹措。

　　这时杰米又想到另一个点子。第二天早上他直接跟老板解释这件事，他的老板也很高兴他要买房子了。

　　杰米说："T 先生（就是老板），你看，为了买房子，我每个月要多赚75 美元才行。我知道，当你认为我值得加薪时一定会加，可是我现在很想多赚一点钱。公司的某些事情可能在周末做更好，你能不能答应我在周末加班呢？有没有这个可能呢？"

　　老板对于他的诚恳和雄心非常感动，真的找出许多事情让他在周末工作 10 小时，他们也因此欢欢喜喜地搬进新房子了。

★智慧感悟★

　　对于智慧的人来说，他的财富只是暂时放在别人的口袋里，由他人保管而已。任何事情只要经过精心的策划，按照步骤有序地进行下去，就一定能够实现。

让钱去生钱

真正的挣钱人他们对金钱有着独特的理解：他们赚钱是为了花出去，他们花钱是为了赚更多的钱。洛克菲勒王朝的创始人约翰·戴维森·洛克菲勒的童年时光就是在这个叫摩拉维亚的小镇上度过的。每当黑夜降临，约翰常常和父亲点着蜡烛，相对而坐，一边煮着咖啡，一边天南地北地聊着，话题又总是少不了怎样做生意赚钱。约翰·戴维森·洛克菲勒从小就满脑子装满了父亲传授给他的生意经。

7岁那年，一个偶然的机会，约翰在树林中玩耍时，发现了一个火鸡窝。于是他眼珠一转，计上心来。他想火鸡是大家都喜欢吃的肉食品，如果他把小火鸡养大后卖出去，一定能赚到不少钱。于是，洛克菲勒此后每天都早早来到树林中，耐心地等到火鸡孵出小火鸡后暂时离开窝巢的间隙，飞快地抱走小火鸡，把它们养在自己的房间里，细心照顾。

到了感恩节，小火鸡已经长大了，他便把它们卖给附近的农庄。于是，洛克菲勒的存钱罐里，镍币和银币逐渐增多，变成了一张张的绿色钞票。不仅如此，洛克菲勒还想出一个让钱生更多的钱的妙计。他把这些钱放给耕作的佃农们，等他们收获之后就可以连本带利地收回。一个年仅7岁的孩子竟能想出卖火鸡赚大钱的主意，不能不令人惊叹！

父亲和母亲对长子的行为反应截然相反。笃信宗教、心地善良的母亲对此又气又恼，狠狠地把他揍了一顿，可是颇有眼光的父亲却说："哎呀，爱丽莎，你何必呢！这个国家现在最重要的就是钱、钱、钱！"他对儿子的行为大加赞赏，满心欢喜。约翰·戴维森·洛克菲勒就是由这样一个相信《圣经》上所写的一言一语、敬畏上帝的基督教徒的母亲抚养大，由父亲的实际处世之道教育成人的。

在摩拉维亚安下家以后，父亲雇用长工耕作他家的土地，他自己则改行做了木材生意。人们喜欢称他父亲为"大比尔"，大比尔工作勤奋，常常受到赞扬，另外他还热心社会公益事业，诸如为教会和学校募捐等，甚至参加了禁酒运动，一度戒掉了他特别喜爱的杯中之物。

大比尔在做木材生意的同时，不时向小约翰传授这方面的经验。洛克菲勒后来回忆道："首先，父亲派我翻山越岭去买成捆的薪材以便家里使用，我知道了什么是上好的硬山毛榉和槭木；我父亲告诉我只选坚硬而笔直的木材，不要任何大树或'朽'木，这对我是个很好的训练。"

年幼的洛克菲勒在经商方面初露锋芒。在和父亲的一次谈话中，大比尔问他：

"你的存钱罐，大概存了不少钱吧？"

"我贷了50美元给附近的农民。"儿子满脸的得意神情。

"是吗？50美元？"父亲很是惊讶。因为那个时代，50美元是个不小的数目。

"利息是7.5%，到了明年就能拿到3.75美元的利息。另外我在你的马铃薯（即土豆）地里帮你干活，工资每小时0.37美元，明天我把记账本拿给你看。其实，这样出卖劳动力很不划算。"洛克菲勒滔滔不绝，很是在行地说着，毫不理会父亲的惊讶表情。

父亲望着刚刚12岁就懂得贷款赚钱的儿子，喜爱之情溢于言表，儿子的精明不在自己之下，将来一定会大有出息的。

★☆智慧感悟☆★

洛克菲勒小小年纪就已经学会了赚钱，让钱去生钱，这确实是他获得巨大成就的基础。

惜 售

有一个生长在孤儿院中的小男孩，常常悲观地问院长："像我这样没人要的孩子，活着究竟有什么意思呢？"

于是院长交给他一块石头，说："明天早上，你拿这块石头到市场上去卖，记住，不论别人出多少钱，绝对不能卖。"

第二天，小男孩蹲在市场的角落。意外的是，有好多人要向他买那块石头，而且价格越出越高。回到孤儿院后，小男孩兴奋地向院长报告，院长笑笑，要他明天拿到黄金市场去叫卖。在黄金市场上，竟然有人出比昨天高 10 倍的价钱要买那块石头。最后，院长叫小男孩把石头拿到宝石市场上去展示。结果，石头的身价比昨天又涨了 10 倍，但由于男孩怎么都不卖，竟被传扬成"稀世珍宝"。

小男孩兴冲冲地捧着石头回到孤儿院，如实报告院长。院长望着小男孩，徐徐说道："生命的定价就像这块石头一样，在不同的环境下就会有不同的意义。一块不起眼的石头，由于你的珍惜、惜售而提升了它的价值，被说成是稀世珍宝。你不就像石头一样？只要自己看重自己，自我珍惜，生命就有意义、有价值。"

其实，世界上每个人都生存在不同的环境中，充当不同的角色，决定高低贵贱的价值。你给自己定位越高，你的价值可能就越昂贵。

同样的东西，若越是惜重，便会越有意义。

一位初学有成的画家带着自己的作品，在朋友的帮助下，靠七拼八凑拉赞助的款子到北京办起了个人画展。

画展开幕的第三天，一位颇具学者风度的中年人来看画展。这个人似乎是个行家，从头至尾地看着一幅幅画，这必然引起画家的注意。这位中年人用了半天时间才看完了画家的 60 多幅画。然后，他找到画家问："你的这些画出售吗？"

画家以为自己听错了，他做梦也没想到他的习作在北京会有人买。

待中年人再说一遍时，他忙不迭地说："卖、卖、卖！"

来人称自己姓张，在出版社做美术编辑，自己不买画，但可以给画家找到买主，他的条件是自己要收取10%的中介费。

画家心想，只要能卖个大价钱，10%算得了什么。

张编辑走了，画家也冷静下来，觉得他说的也不过是闲话。

结果，就在画展的最后一天，张编辑真的带了一个买主过来。来人左看右选，最后挑中了其中的12幅，一番讨价还价之后，终以150美元一张的价格成交。

画家乐滋滋地数了180美元给张编辑，还说了许多感谢的话。他为张编辑给自己带来的意外收获所陶醉。

画家回到家还在为自己的第一次画展的成功而沾沾自喜。

两个月后的一天，他无意间打开一张报纸，看到了一则报道，不由得让他大跌眼镜。报道说了一件事情，正是他自己的作品在巴黎的一个画展上展出，这个画展的主题叫"抄袭的杰作"。

原来，画家的作品正是模仿乔治·修拉的杰作。在巴黎的画展上，画家的作品被卖到每幅一万美金以上。因为那年正是修拉大师逝世100周年。这个因为名不见经传而不自信的画家更不知道，张编辑因为一双慧眼，已经从港商那里得到了高于他全部画价的报酬。

★✿★ 智慧感悟 ★✿★

抛开这两则故事中关于人生的大道理不谈，只要理解"惜售"二字，就可明白什么才是真正意义上的"奇货可居"，不是因为货"奇"才"居"，而是因为"居"了，才是奇货。

空手套白狼

在美国乡村有一个老头和他的儿子相依为命。有一天，一个人找到老头，对他说："尊敬的老人家，我想把您的儿子带到城里去工作。"老头气愤地说："不行，绝对不行，你滚出去吧！"这个人说："如果我在城里给您的儿子找个对象，可以吗？"老头摇摇头："不行，快滚出去吧！"这个人又说："如果我给您儿子找的对象，也就是您未来的儿媳妇是洛克菲勒的女儿呢？"老头想了又想，终于被让儿子当"洛克菲勒的女婿"这件事情说动了。

过了几天，这个人找到了美国首富、石油大王洛克菲勒，对他说："尊敬的洛克菲勒先生，我想给您的女儿找个对象。"洛克菲勒说："快滚出去吧！"这个人又说："如果我给您女儿找的对象，也就是您未来的女婿是世界银行的副总裁，可以吗？"于是洛克菲勒就同意了。

又过了几天，这个人找到了世界银行总裁，对他说："尊敬的总裁先生，您应该马上任命一个副总裁！"总裁先生摇着头说："不可能，这里这么多副总裁，我为什么还要任命一个副总裁呢，而且必须马上？"这个人说："如果您任命的这个副总裁是洛克菲勒的女婿，可以吗？"总裁先生当然同意。最后，老头的儿子轻而易举地当上了洛克菲勒的女婿，当然，也是世界银行的副总裁。

★★★★★ 智慧感悟 ★★★★★

"空手套白狼"是高明的投资者善于使用的一种手段，它往往会带来一本甚至无本万利的收益。

污　点

松下公司是世界上有名的电器公司，员工待遇优厚，发展空间大，是很多年轻人向往的地方。这年，松下公司要招聘一名高级女职员，一时应聘者如云。经过一番激烈的比拼，安娜、杨子、鲍波三人脱颖而出，成为进入最后阶段的候选人。三个人都是名牌大学的高才生，又是各有千秋的美女，条件不相上下，竞争到了白热化状态。她们都在小心翼翼地做着准备，力争使自己成为"笑到最后"的胜利者。

这天早上 8 点，三人准时来到公司人事部。人事部部长给她们每人发了一套白色制服和一个精致的黑色公文包，说："三位小姐，请你们换上公司的制服，带上公文包，到总经理室参加面试。这是你们最后一轮考试，考试的结果将直接决定你们的去留。"三个美女脱下精心搭配的外衣，穿上那套白色的制服。人事部部长又说："我要提醒你们的是，第一，总经理是个非常注重仪表的先生，而你们所穿的制服上都有一小块黑色的污点。毫无疑问，当你们出现在总经理面前时，必须是一个着装整洁的人，怎样对付那个小污点，就是你们的考题。第二，总经理接见你们的时间是 8 点 15 分，也就是说，10 分钟以后，你们必须准时赶到总经理室，总经理是不会聘用一个不守时的职员的。好了，考试开始了。"

三个人立即行动起来。

安娜用手反复去揩那块污点，反而把污点越弄越大，白色制服最终被弄得惨不忍睹。安娜紧张起来，红着脸央求人事部部长能否给她再换一套制服。没想到，人事部部长抱歉地说："绝对不可以，而且，我认为，你没有必要到总经理室去面试了。"安娜一下愣住了，当她知道自己已经被取消了竞争资格后，眼泪汪汪地离开了人事部。

与此同时，杨子已经飞奔到洗手间，她拧开水龙头，撩起自来水开始清洗那块污点。很快，污点没有了，可麻烦也来了，制服的前襟处被浸湿了一大片，紧紧地贴在身上。于是，杨子快步移到烘干器前，打开烘干器，对着那块浸湿处烘烤着。烤了一会儿，她突然想起约定的时间，抬起手腕看表：坏了，马上就到约定时间了。于是，杨子顾不得把衣服彻底烘干，赶紧往总经理室跑。

赶到总经理室门前，杨子看表，8点15分，还没迟到；更让她感到庆幸的是，白色制服上的湿润处已经不再那么明显了，要不仔细分辨，根本看不出曾经洗过。但堂堂大公司总经理怎么会仔细分辨一个女孩的衣服呢？除非他是一个色鬼。

杨子正准备敲门进屋，门却开了，鲍波大步走出来。杨子看见，鲍波的白色制服上，那块污迹仍然醒目地躺在那里。杨子的心里踏实了，她自信地走进办公室，得体地道声："总经理好。"总经理坐在大办公桌后面，微笑地看着杨子白色制服上被湿润的那个部位，好像在"分辨"着什么。杨子有点不自在。这时，总经理说话了："杨子小姐，如果我没有看错的话，你的白色制服上有块地方被水浸湿了。"杨子点了点头。"是清洗那块污渍所致吗？"总经理问。杨子疑惑地看着总经理，点了点头。总经理看出杨子的疑惑，浅笑一声道："污点是我抹上去的，也是我出的考题。在这轮考试中，鲍波是胜者，也就是说，公司最终决定录用鲍波。"

杨子感到愕然："总经理先生，这不公平。据我所知，您是一位见不得污点的先生。但我看见，鲍波的白色制服上，那块污点仍然清晰可见啊！"

"问题的关键是，"总经理说，"杨子小姐，鲍波小姐没有让我发现她制服上的污点。从她走进我的办公室，那只黑色公文包就一直幽雅地横在她的前襟上，她没有让我看见那块污迹。"

杨子说："总经理先生，我还是不明白，您为什么选择了鲍波而淘汰了我呢？我准时到达您的办公室，也清除了制服上的污点，而鲍波只不过耍了个小聪明，用皮包遮住了污点。应该说，我和鲍波打了个平手。"

"不！"总经理坚定地说，"胜者确实是鲍波，因为她在处理事情时，思路清晰，善于分清主次，善于利用手中现有的条件，她的问题解决得从容而漂亮。而你，虽然也解决了问题，但你是在手忙脚乱中完成的，你没有充分利用你现有的条件。其实，那只公文包就是我们解决问题的杠杆，你却将它弃之一旁。如果我没猜错的话，你的'杠杆'忘在洗手间里了吧?"

杨子终于信服地点了点头。总经理又微笑地说："如果我没猜错的话，鲍波小姐现在会在洗手间里，正清洗她前襟处的污渍呢!"

智慧感悟

从投资的角度来讲，两点之间的最短距离并不一定是条直线，而是一条障碍最小的曲线。

金钱的"记忆"

杰克早年并不富有，他的生活是艰难的，但即使经济不宽裕，他的母亲总是尽一切力量在可能的时候，给他最特别的款待。无论何时她有了额外的钱，她一定会为孩子们买点什么。也许为杰克买一个新游戏机，或者带他们去看露天电影。由于孩子们通常消耗的只有生活所需，所以杰克想这也是他母亲给自己一些快乐的方式。杰克认为，他们总是一有了额外的钱就把它花掉，因此他们从来没有多余的钱可以存下来。

当杰克开始赚到可观的钱的时候，他注意到一些奇怪的现象。即使他的收入高了许多，但是似乎每到月底仍然是一毛钱不剩。

多年以前，杰克想第一次投资置产。他知道他至少需要3万美金的现款，但杰克一辈子也没有存过那么多钱。所以他订出一个时间表，想在6个月以内存够钱。一个月要5000美元才行，这个数目似乎很遥远，但是杰克凭着信心就这么开始了。

你家里有没有一个专门放账单的篮子或是抽屉？一个你可能一个月会去看一次准备付钱的地方？杰克有。而他做的是把你称作"增添期款"的新账单放进档案里。每个月5000美元的账单看起来似乎很难达成，事实上，在最初一两个月杰克试着想不理它。不过他还是照计划执行，并且试试看有什么其他方式，可以确保这笔额外的账单可以和其他账单一块儿付清。

一件有趣的事开始发生了。因为杰克专心生财并且保住他赚到的5000美元，他愈来愈注意到他常把自己的钱轻率地随处散掉。他也开始留意到一些机会，是他以前没有注意到的。他也想到，他以前在工作上只会投注精力到某个程度，现在由于他必须有额外收入，他就在所从事的事上多放入一点精力、一点创造力。他开始冒比较大的风险，他要客户为他的服务支付更多的代价。他为他的产品开发新市场，他找到利用时间、金钱和人力的方法，以便在较少时间内做完更多的事情。借着给他自己称作"头期款"的账单，他加强、放大了他一向就拥有的能力。很快地，杰克的财富一步步地累积了起来……

智慧感悟

如果你曾经锻炼过身体，你就知道肌肉是有记忆的。一旦你锻炼出一块肌肉，要再练出来就比较容易，赚钱也是一样。当你开始伸缩你的财富肌肉时，你就开始以一种不同的层次有了自我体验。你的思维、眼光、方法都有了全新的改进，此刻，金钱也会慢慢随之而来了。

理好财，到处是财富

在善于察看市场的商人看来，随处都是财富，都可加以充分发挥，从中挖掘资源。胡雪岩的眼中到处是财富，因为他把出人头地的过程看作是积累财富。

胡雪岩为生丝生意逗留上海，他在上海的基地是裕记丝栈。这天他到裕记丝栈处理生意上的事务，顺便在丝栈客房小歇。他躺在客房藤躺椅上，本想考虑一下自己生意上的事情，无意中却听到了隔壁房中两个人的一段关于上海地产的谈话。

这两个人对于洋场情况及上海地产开发方式都相当熟悉，他们谈到洋人的城市开发方式与中国人极不相同，中国人常常是先开发市面再行修路，市面起来了，走的人多了，便有了路。但以这种方式进行市面开发，有一个很大的弱点：往往等到要修筑道路、扩充市面的时候，自然形成的道路两旁已经被摊贩挤占，无法扩展。

而洋人的办法是先开路，有了路便有人到，市面自然就起来了。如今上海的市面开发就是这种办法。在谈到上面情况之后，其中一人说道："照上海滩的情形看，大马路，二马路，这样开下去，南北方向的热闹是看得到的，其实，向西一带，更有可为。眼光远的，趁这时候，不管是苇荡、水田，尽量买下来，等洋人的路一开到那里，乖乖坐在家里发财。"

两个不相识的人这一番谈话，使胡雪岩一下都躺不住了。他马上雇了一辆马车，拉上陈世龙和自己一起，由泥城墙往西，不择路而行去实地查勘，而且在查勘的路上，就拟出了两个可供选择的方案：第一，在资金允许的情况下，趁地价便宜，先买下一片，等地价上涨之后转手赚钱；第二，通过古应春的关系，先摸清洋人开发市面的计划，抢先买下洋人准备修路的地界附近的地皮，转眼之间，就可发财。

不用说，胡雪岩眼睛盯到上海的地产生意上，又是一下子为自己发现了一个绝对可以大发其财的财源。

胡雪岩说："凡事总要动脑筋。说到理财，到处都是财源。"这应该是他的经验之谈。不用说，做生意离不开理财。生意人的理财，大体应该包含两个方面的内容：一方面是指资金的合理使用和管理，以求达到增加企业盈利、提高经营效率的理财，比如定期进行必要的财务审计和财务分析、研究库存结构和资金周转情况、精打细算减少开支、压缩非经营性资金的占用等，都属于这一方面的理财，这是一个生意人平常必做的实际工作；另一个方面的理财，则是指不断为自己开拓财源，用现代经济学术语来说，就是准确发现投资热点，扩大投资范围。

★智慧感悟★

只有财源茂盛，才会生意兴隆，这是不言而喻的。这也应该成为一个有商业头脑的人日常关注和思考的主要问题，应该成为时刻想着去做的工作。

让你的金钱流动起来

据《犹太人五千年智慧》记载，在古代的巴比伦城里，有一位名叫亚凯德的犹太富翁，因为金钱太多的缘故，所以闻名遐迩。而使他成为一位知名之士的另一原因，就是他能慷慨好施，他对慈善捐款毫不吝啬，他对家人宽大为怀，他自己用钱也很大度，可是，他每年的收入却大大超过支出。

自然地，有一些童年时代的老朋友们常来看他，他们说："亚凯德，你比我们幸运多啦。我们大伙勉强糊口的时候，你已成为巴比伦全城的第一富翁，你能穿着最精致的服装，你能享用最珍贵的食物。如果我们能让家人穿着可以见人的衣服，吃着可口的食品，我们就心满意足了。"

"然而，幼年时代的我们，大家都是平等的，我们都向同一老师求学，我们玩相同的游戏，那时无论在读书方面或在游戏方面，你都和我们一样，毫无才华出众之处。幼年时代过去以后，你还和我们一样，大家都是同等的诚实公民。然而现在，你成了亿万富翁，我们却终日不得不为了家人的温饱而四处奔走。"

"根据我们的观察结果，你做工并不比我们辛苦，你做工的忠实程度也未超过我们。那么，为什么多变的命运之神，偏偏让你享尽一切荣华富贵，却不给我们丝毫的福气呢？"

亚凯德于是规劝他们说道："童年以后，你们之所以没有得到优裕生活，是因为要么你们没有学到发财原则，要么没有实行发财原则。你们忘记了：财富好像一棵大树，它是从一粒小小的种子发育而成的。金钱就是种子，你越勤奋栽培，它就长得越快。"

钱是可以生钱的，你只有懂得了金钱的马太效应，大胆地使用你的金钱去投资，才能成为一个真正富有的人。

布拉德和克里斯是一对非常要好的同学，他们毕业后到同一家公司上班，因为他们所学的专业都是一样的，所以他们在公司里担任的职位、领取的薪水也都一样。此外，两个人都非常节俭，因此他们每个人每年都能攒下一笔同等数额的钱。

但是，两人的理财方式完全不同。布拉德将每年攒下来的钱存入银行，而克里斯则把攒下来的钱分散地投资于股票。两人还有一个共同的特点，那就是都不太爱去管钱，钱放到银行或股市之后，两人就再也没去管过它们了。

如此这般地过了40年，克里斯拥有了数百万美元，而布拉德只有存折上的区区十几万。数百万美元在当今的社会中可以算得上富翁，但拥有十几万美元的人现在依然属于贫困阶层。

布拉德亲眼看着昔日的同学成为百万富翁！而自己呢？40年下来竟然连一所房子都买不起。为什么差距如此之大？

仅仅只是理财方式的不同就造成了如今这种结果。仔细观察，我们就会发现，穷人总是把富人致富的原因归结为运气好、从事不正当或违法的事业、更努力地工作、克勤克俭……

但这些人绝不会想到，造成他们贫困的最主要原因是他们不懂得投资。大多数富人的财产都是以房地产、股票的方式存放，而大多数穷人的财产却是存在银行里，他们认为那才是最保险的。

你的投资决定了你的收入。认识到这一点之后，我们应及早地进行投资，找到自己的摇钱树。在你小的时候，你种下一颗树的种子，它就会跟你一样逐渐成长。其实，在理财方面也是如此。

智慧感悟

金钱是一种可即刻伸缩的能源，让它流动起来，那它就是你的摇钱树。然而，有些人刻意地扼杀金钱天生具有的扩张魔力，将其储存起来。这样做除了阻碍金钱的流动之外，还能给自己带来什么好处呢？你将永远无法享受金钱带来快乐。

第四章

智慧是财富之源

　　智慧是一切财富的本钱，只要拥有智慧，财富自然会呼之而来。因为真正让人成功的不是大量的金钱，而是一个灵活的头脑。知识固然重要，但是如果不懂得活学活用，那知识将永远是死知识。只有灵活转动头脑，才能创造实实在在的财富。

乞丐教师爷

在两次世界大战期间，几乎没有人比阿伯特·戴维森的谋生方式更奇异了。这话得从他拒绝向乞丐施舍一个硬币说起。

"赏个小钱吧，先生。"一天，一个流浪汉向他乞讨。

当时的戴维森是个演员，已经"休息"了很长时间。因此他没好气地说："别纠缠我，我也是身无分文。"

在乞丐转身走开时，戴维森发现他虽然失去了左臂，但是脸色红润，衣着一点也不破烂。

"等一等，"戴维森把他叫住，问，"你知道我为什么一个子儿也不给你？"

乞丐不屑回答地摇了摇头。

"因为你看上去境况比我要好，"戴维森告诉他，"你跟我来。"

回到住所，戴维森拿出自己的化妆盒，开始朝那人的脸上涂抹油彩。一会儿工夫，那人就有了一副苍白的面容，脸上呈现出憔悴的皱纹，头发也被几剪子剪得乱蓬蓬的。

"你昨天挣了几个钱？"戴维森问。

"4元。"

"那好，去试试今天能否多挣几个。"

两天后，这个乞丐来到戴维森的住所，交给他5元钱。化妆后的第一天，他挣了30元钱，这个数目近乎于他从前最高所得的7倍。

没过多久，其他乞丐也纷纷前来求助。

这个演员向每个人收费两元钱。他把他们装扮成一副孤独凄苦和绝望无助的样子，提示他们恰当地掌握哀诉的嗓音。

在头一个月里，他每天给18个乞丐常客化装。一年工夫，他搬进了一所条件良好的住宅，有了一辆小汽车和一大笔银行存款。一连16年，他忘记了自己当演员的生涯，接触了成千上万的纽约乞丐。后来有一天，纽约市政厅向他们颁布了一项禁令。这是一个不明智之举，因为这些人全是选民。

一次，两万名乞丐在布朗克斯举行集会。这些人中，有1.7万人是（或曾经是）戴维森的顾客。他们的首席发言人在会上宣布："我们需要的是能为我们说话的受过教育的人。"有人提议阿伯特·戴维森，得到了一致通过。

戴维森就这样成了纽约市乞丐协会的秘书长。

戴维森曾经承认，他从未梦想过这种指点乞丐行讨的行当会像滚雪球似的越滚越大。

这样干了几个月后，他发现自己再难独撑下去，因此不得不去请几位演员同伴来做帮手。

★智慧感悟★

故事告诉我们，乞讨也要动脑和找窍门，中国有句古话叫"盗亦有道"，要想做财富的赢家，就必须开动脑筋，摸到创富的"道儿"。

离开了智慧，一切财富为零

二战时期，在奥斯维辛集中营中，一位犹太人对他的儿子说：现在我们唯一的财富就是智慧，如果别人说一加一等于二的时候，你应该想到大于二。纳粹在奥斯维辛毒死了几十万人，父子俩却活了下来。

1946 年，他们来到美国，在休斯敦做铜器生意。一天，父亲问他的儿子一磅铜值多少钱？他的儿子回答 35 美分。父亲说："你回答对了，但整个得克萨斯州都知道每磅铜的价格是 35 美分，作为犹太人的儿子，你应该想到它不止 35 美分，它完全可以是 3.5 美元。你试着把一磅铜做成门把手看看。"

20 年后，父亲死了，儿子独自经营铜器店，他做过铜鼓，还做过瑞士钟表上的簧片，做过奥运会的奖牌，他曾把一磅铜卖到 3500 美元，这时他已是麦考尔公司的董事长。但是真正使他出名的是纽约州的一堆垃圾。

1974 年，美国政府为清理给自由女神像翻新扔下的废料，向社会广泛招标。正在法国旅行的他听说后，立即飞往纽约，看过自由女神下堆积如山的铜块、螺丝和木料后，他当场就签了字。

很多人认为他的这一举动非常愚蠢。就在一些人要看这个犹太人的笑话时，他便开始组织工人对废料进行分类。他让人把废铜熔化，铸成小自由女神；把水泥块和木头加工成底座；把废铅废铝做成纽约广场的钥匙；甚至他把从自由女神身上扫下的灰包装起来，出售给花店。短短的 3 个月，他将这堆废物变成了 350 万美元。

这就是犹太人的精明之处，智慧就是他们的本钱，他们可以利用智慧把一粒谷子变成一望无垠的麦田，让一美元生出一亿美元。

一次，美国福特汽车公司的一台大型电机发生故障，公司的技术人员都束手无策。于是公司请来德国电机专家斯坦门茨，他经过检查分析，用粉笔在电机上画了一条线，并说："在画线处把线圈减去 16

圈。"公司照此维修，电机果然恢复了正常。在谈到报酬时，斯坦门茨索价一万美元。一根线竟然价值一万美元！很多人表示不解。斯坦门茨则不以为然："画一条线只值一美元，然而，知道在哪里画值9999美元。"

这就是知识的价值。

有智慧的人敢于为自己的知识喊价，这也是他们善于把知识转化为金钱的聪明之处。

智慧是最重要的，它是财富的本钱，离开了智慧，一切财富为零。

★智慧感悟★

真正让人成功的不是大量的金钱，而是一个灵活的头脑。知识固然重要，但是如果不懂得活学活用，那知识将永远是死知识。只有灵活转动头脑，才能创造实实在在的财富。

反其道而行

被称为美容界"魔女"的英国人安妮塔，曾位列世界十大富豪之一，她拥有数千家美容连锁店。不过，安妮塔为这个庞大的美容"帝国"创造财富时，却反其道而行，从没有花过一分钱的广告费，这在当时被认为是一种不可理喻的举动。

安妮塔于1971年贷款4000英镑开了第一家美容小店。她在肯辛顿公园靠近市中心地带的市民区租了一间店铺，并把它漆成绿色。虽然美容小店的这种所谓"独创"的著名风格（众所周知，绿色属于暗色，用它作为主色不醒目）的真实缘由完全出于无目的，但这种直觉的超前意识是新鲜而又和谐的，因为天然色就是绿色。

美容小店艰难地起步了，在花花绿绿的现代社会里并不惹眼，而且尤为糟糕的是，在安妮塔的预算中，没有广告宣传费。正当安妮塔为此焦虑不安时，她收到一封律师来函。这位律师受两家殡仪馆的委托控告她，要她要么不开业，要么就改变店外装饰。原因是像"美容小店"这种花哨的店外装饰，势必破坏附近殡仪馆的庄严肃穆的气氛，从而影响业主的生意。

安妮塔又好气又好笑。无奈中她灵机一动，打了一个匿名电话给布利顿的《观察晚报》，声称她知道一个吸引读者扩大销路的独家新闻：黑手党经营的殡仪馆正在恫吓一个手无缚鸡之力的可怜女人——罗蒂克·安妮塔，这个女人只不过想在她丈夫准备骑马旅行探险的时候，开一家经营天然化妆品的美容小店维持生计而已。

《观察晚报》果然上当。它在显著位置报道了这个新闻，不少富有同情心并仗义的读者都来美容小店安慰安妮塔。由于舆论的作用，那位律师也没有来找麻烦。

小店尚未开业，就在布利顿出了名。开业最初几天，美容小店顾客盈门，热闹非凡。

　　然而不久，一切发生了戏剧性的变化：顾客渐少，生意日淡，最差时一周营业额才 130 英镑。事实上，小店一经营业，每周必须进账 300 英镑才能维持下去，为此安妮塔把进账 300 英镑作为奋斗的目标和成功与否的准绳。

　　经过深刻的反思，安妮塔终于发现，新奇感只能维持一时，不能维持一世，自己的小店最缺少的是宣传。在她看来，美容小店虽然别具风格，自成一体，但给顾客的刺激还远远不够，需要马上加以改进。

　　一个凉风习习的早晨，市民们迎着初升的太阳去肯辛顿公园，发现一个奇怪的现象：一个披着卷曲散发的古怪女人沿着街道往树叶或草坪上喷洒草莓香水，清馨的香气随着袅袅的晨雾，飘散得很远很远。她就是安妮塔——美容小店的女老板。她要营造一条通往美容小店的馨香之路，让人们认识并爱上美容小店，闻香而来，成为美容小店的常客。

　　她的这些非常奇特意外的举动，又一次上了布利顿的《观察晚报》的版面。

　　无独有偶，当初美容小店进军美国时，临开张的前几周，纽约的广告商纷至沓来，热情洋溢地要为美容小店做广告。他们相信，美容小店一定会接受他们的热情，因为在美国，离开了广告，商家几乎寸步难行。

　　安妮塔却态度鲜明："先生，实在是抱歉，我们的预算费用中，没有广告费用这一项。"

　　美容小店离经叛道的做法，引起美国商界的纷纷议论，纽约商界的常识：外国零售商要想在商号林立的纽约立足，若无大量广告支持，说得好听是有勇无谋，说得难听无异于自杀。

　　敏感的纽约新闻媒体没有漏掉这一"奇闻"，他们在客观报道的同时，还加以评论。读者开始关注起这家来自英国的企业，觉得这家美容小店确实很怪。这实际上已起到了广告宣传的作用，安妮塔并没有去刻意策划，却节省了上百万美元的广告费。

　　到了后来，美容小店的发展规模及影响足以引起新闻界的瞩目时，安妮塔就更没有做广告的想法。但是当新闻界采访安妮塔或者电视台邀请她去制作节目时，她总是表现活跃。

安妮塔就是依靠这一系列的标新立异的做法使最初的一间美容小店扩张成跨国连锁美容集团。她的公司于 1984 年上市之后，很快就使她步入亿万富翁的行列。

安妮塔虽然没有向媒体支付过一分钱的广告费，但以自己不断推出的标新立异的做法始终受到媒体的关注，使媒体不自觉地时常为其免费做"广告"，其手法令人拍案叫绝。

★智慧感悟★

刚开始投资创业时，很多人会受到资金的限制，如果我们按常规的套路去经营，可能收效甚微。有时来点"离经叛道"的举动，反而会让你借上东风，迅速发展自己。

修管道和运水

从前有个奇异的小村庄，村里除了雨水没有任何水源，为了解决这个问题，村里的人决定对外签订一份送水合同，以便每天都能有人把水送到村子里。有两个人愿意接受这份工作，于是村里的长者把这份合同同时给了这两个人。

得到合同的两个人中有一个叫艾德，他立刻行动了起来。每日奔波于一里外的湖泊和村庄之间，用他的两只桶从湖中打水并运回村庄，并把打来的水倒在由村民们修建的一个结实的大蓄水池中。每天早晨他都必须起得比其他村民早，以便当村民需要用水时，蓄水池中已有足够的水供他们使用。由于起早贪黑地工作，艾德很快就开始挣钱了。尽管这是一项相当艰苦的工作，但是艾德很高兴，因为他能不断地挣钱，并且他对能够拥有两份专营合同中的一份而感到满意。

另外一个获得合同的人叫比尔。令人奇怪的是，自从签订合同后比尔就消失了，几个月来，人们一直没有看见过比尔。这点令艾德兴奋不已，由于没人与他竞争，他挣到了所有的水钱。

比尔干什么去了？他做了一份详细的商业计划书，并凭借这份计划书找到了4位投资者，和比尔一起开了一家公司。6个月后，比尔带着一个施工队和一笔投资回到了村庄。花了整整一年的时间，比尔的施工队修建了一条从村庄通往湖泊的大容量的不锈钢管道。

这个村庄需要水，其他有类似环境的村庄一定也需要水。于是他重新制订了他的商业计划，开始向全国甚至全世界的村庄推销他的快速、大容量、低成本并且卫生的送水系统，每送出一桶水他只赚1便士，但是每天他能送几十万桶水。无论他是否工作，几十万的人都要消费这几十万桶的水，而所有的这些钱便都流入了比尔的银行账户中。显然，比尔不但开发了使水流向村庄的管道，而且还开发了一个使钱流向自己的钱包的管道。

从此以后，比尔幸福地生活着，而艾德在他的余生里仍拼命地工作，最终还是陷入了"永久"的财务问题中。

多年来，比尔和艾德的故事一直指引着人们。每当人们要做出生活决策时，这个故事都能给人以帮助，所以我们应时常问自己："我究竟是在修管道还是在运水？""我只是在拼命地工作还是在聪明地工作？"

★智 慧 感 悟★

上面的故事可谓财商教育的经典案例，有时我们要问问自己：是日复一日地挑水，还是集中精力营建一条输送财源的管道？拥有一颗智慧的大脑，财富离你也就不远了。

在菜单上做文章

　　如果一天早上，你睡眼惺忪，空着肚子，不经意地走进一家小饭馆，你是愿意从一张破旧不堪、沾有糖浆，而且还被黄油弄脏了的打印菜单上选择早餐，还是愿意得到一张富有光泽、很干净、色彩鲜艳，而且上面还画有维也纳风格的法国吐司和堆着许多水果的比利时鸡蛋饼的菜单？

　　总部设在西雅图的菜单工作室的咨询人员认为你肯定将选择后者。他们告诉友爱饭店如何从改变菜单目录和提供高质量的小吃来获得利润。改变菜单不到一个月，到友爱饭店吃早餐的顾客就增加了20%。

　　菜单工作室对市场有详细周密的调查和研究。

　　它认识到关于人们是否在饭店吃饭的最好的统计指标就是他们的家庭收入。年收入在75000美元以上的家庭平均每周要在外面吃4.9顿，而年收入少于15000美元的家庭只在外面吃3.1顿。

　　菜单工作室也采用地理和年龄统计数据进行研究，如"3，5，15"规则。这一规则表明，一家大饭店的大多数常客通常住在离该饭店3英里以内的地方；稍微去得少一些的则住在5英里以内的地方；而几乎所有的顾客都住在15英里以内的地方。

　　这个规则与人口普查资料结合起来考虑，菜单工作室准确地找出了住在饭店附近的高收入家庭，然后研究这些潜在顾客的年龄。"如果你的大多数顾客在35岁到40岁之间，你将会定出一个与比他们年长的人不同的价格。"

　　菜单工作室也可以同时帮助饭店找到一个可供顾客识别的形象。举个例子，菜单工作室的一个客户准备为顾客提供多种菜（海鲜、鸡肉、干面食以及三明治等），但他没有一个统一的主题来使自己的饭店与别人的相区别，当菜单工作室发现该饭店以某个人的狗的名字命名时，他们就为饭店找到了一个主题和形象。菜单工作室制作了一张印有小水鸭的粉红色菜单，菜单上附有一首诗和那只狗的插图，并且，在狗"最中意"的菜（"碰巧"是该店利润最高的一道菜）旁边，还留有一个爪印。

★★ 智慧感悟 ★★

在进行投资经营之前，我们要对所介入领域的方方面面进行详细的调查分析。只有全面地掌握了相关的信息，并做出创意规划，才能确保事业的成功。

阿迪达斯的黯然

阿迪达斯，曾经优秀得无可匹敌的运动鞋，很长一段时间里，它使另外品牌的鞋子相形见绌，其成功的最主要因素是质量、信誉和款式的别出心裁。1954 年世界杯足球赛，德国足球队非常神奇地击败了原本夺冠呼声极高的匈牙利队，捧走了金杯。这场比赛他们所穿的阿迪达斯运动鞋的鞋底布满鞋钉，一种很特殊的钉子，能使穿鞋者非常有效地稳住自己的身体，即使是在那个泥泞的雨天。这是阿迪达斯飞快成名的一个实例。

阿道夫·达勒斯（昵称"艾迪"），一个很敬业的德国佬，便是这始创于 1949 年的阿迪达斯制鞋公司的缔造者和长达 30 年的统帅人物。然而，在 1978 年达勒斯先生去世时，他的临终憾事却是，如果自己没有犯下那些本该避免的错误，也许，阿迪达斯依然占据着统治地位，或者说，耐克公司 1/3 的市场份额至少仍是属于自己的，对方的翅膀根本硬不起来。一失足成千古恨，一连串的决策错误直接妨碍了阿迪达斯鞋子向前奔跑的速度。

事情开始于 20 世纪 70 年代下半叶，有一个很微妙的现象发生了：厌倦了"性解放"的美国人开始热衷于散步和跑步，运动鞋的销量逐渐增大。毫无疑问，在世界商品销售的运动走向及平衡曲线上，美国一直是个你不得不承认的最重要砝码。好了，当有 4000 万美国人把手伸向运动鞋柜台时，不少制鞋公司纷纷出现，连南斯拉夫和远东地区都涌现了无数运动鞋加工厂。但应该说，这仍是阿迪达斯公司充分施展的好机会。

不料，一向机灵的达勒斯先生这一回踩错了舞步。

首先，达勒斯先生完全低估了市场对运动鞋急速增长的需求。虽然德国与美国相隔大片陆地和整整一个大西洋，但市场信息是很通畅的。达勒斯先生一向固执地认定，运动鞋的销售量不可能长久地呈直线上升趋势，它的上升肯定是缓慢的、沉稳的。他甚至认为，让街上这些衣冠楚楚的先生小姐们都穿上这类好像过于随意的运动鞋，简直是在做梦。因此，即使好奇好动的美国人喜欢它，也不过是一时新鲜和热闹，根本用不着扩大投资、扩大生产规模或者说花很多人力、物力跑到美国去推销阿迪达斯。曾有市场预测人员向他提供能够说明目前市场动态的一些材料，可日耳曼人的固执和保守使达勒斯先生依然不为所动。

其次，达勒斯先生完全低估了竞争对手的实力，特别是他们的开发和销售攻势。他始终认为自己已经是一个霸主，已经控制了大部分的市场份额，稳住就行了。根本犯不着与小公司计较，更犯不着动用大炮轰击蚊子的过激手段。当耐克公司沿用阿迪达斯公司最初使用的生产经营思路时（如重点开发新产品、树立品牌、以几何级数扩大生产线、依赖名人效应强化销售），达勒斯先生更是觉得好笑和满足：对方只是一个生手、一个学徒，而大度的师傅是不可加以阻拦的。结果却是，耐克公司将所学的种种技巧发挥得出神入化、青出于蓝。况且，运用阿迪达斯的那一套反过来展开凌厉攻势，点到痛处，击中要害，其势更不可当。学生最终成功地击败了自以为是的师傅。

最后，达勒斯先生过高地评价了自己所拥有的市场竞争实力。他认为主动权一直握在自己手里。在瞬息万变的市场中，这样的想法在如此一家大公司里居然根深蒂固，这实在太不可思议了。当局势终于大坏，众人皆大惊失色之际，阿迪达斯公司采取了必要的行动：研究新品，扩大宣传，登陆美国，组织倾销。然而，这一剂剂补药并不奏效，很大的一块肉被他人割去了，原本强劲的公司几乎体无完肤。

就这样，20世纪70年代末，阿迪达斯的鞋子由此不得不跑慢了，这是达勒斯先生最不愿意看到的一幕。谁能理解临终时这位知名商人的复杂心情呢？

★★★ 智慧感悟 ★★★

无论是企业的经营，还是个人的投资理财，我们都应该时刻关注市场形势的变化，不能抱有一成不变的观念。对环境变化的漠然和墨守成规，是个人或团体失去斗志、失去市场的危险信号。

智慧带来财富

有这样一个美国小男孩，父母在生活上对他要求很严，平时很少给他零花钱。8岁的时候，有一天他想去看电影，身上却分文全无。是向爸妈要钱还是自己挣钱？他第一次开始思考这样的问题。最后，他选择了后者。他自己调制了一种汽水，把它放在街边，向过路的行人出售。可那时正是寒冷的冬天，没有人购买，最后只等到两个顾客——他的爸爸和妈妈。

他偶然得到了和一个成功商人谈话的机会，当他对商人讲述了自己的"破产史"后，商人给了他两个重要的建议：第一，尝试为别人解决一个难题，那么你就能赚到许多钱；第二，把精力集中在"你知道的、你会的和你拥有的"东西上。

这两个建议很关键。因为对于一个8岁的男孩而言，他不会做的事情还很多。于是他穿过大街小巷，不停地思考：人们会有什么难题？如何为他们解决难题？这其实很不容易。好点子似乎都躲起来了，他什么办法都想不出来。但是有一天，父亲无意中激发了他的灵感火花。

一天吃早饭时，父亲让他去取报纸——美国的送报员总是把报纸从花园篱笆中一个特制的管子里塞进来。假如你想穿着睡衣，一边舒服地吃早饭，一边悠闲地看报纸，就必须先离开温暖的房间到房子的入口处去取报纸，即使在天气不好的时候也必须如此。虽然有时候只需要走二三十步路，但也是非常麻烦的事情。

当他为父亲取回报纸的时候，一个主意诞生了。当天他就挨个按响邻居的门铃，对他们说：每个月只需付给他1美元，他就每天早晨把报纸塞到他们的房门下面。大多数人都同意了，这个小男孩很快就有了70多个顾客。当他在一个月后第一次赚到一大笔钱的时候，他觉得简直是飞上了天。

高兴的同时他并没有满足现状，他还在寻找新的赚钱机会。经过一段时间的思考，他决定让他的顾客每天把垃圾袋放在门前，然后由他早晨送报时顺便运到垃圾桶里——每个月另加1美元。他的客户们很赞赏这个点子，于是他的月收入增加了一倍。后来他还为别人喂宠物、看房子、给植物浇水，他的月收入随之直线上升。

9岁时，他开始学习使用父亲的电脑。他学着写广告，而且开始把小孩子能够挣钱的方法全部写下来。因为他不断有新的主意，有了新主意就马上实施，所以很快他就有了丰厚的积蓄。他母亲帮他记账，好让他知道什么时候该向谁收钱。

随着业务的扩大，他自己忙不过来了，只好雇用别的孩子为他帮忙，然后把收入的一半付给他们。如此一来，钱便潮水般涌进了他的腰包。

一个出版商注意到了他，并说服他写了一本书，书名叫《儿童挣钱的250个主意》。因此，他在12岁的时候，就成了一名畅销书作家。

后来电视台发现了他，邀请他参加许多儿童谈话节目。他在电视里表现得非常自然，受到许多观众的喜爱。到15岁的时候，他有了自己的谈话节目，通过做电视节目和电视广告，他已经发展到日进斗金的程度。

当他17岁的时候，他已经成了百万富翁。

智慧感悟

人类的潜能是无穷的，可惜很多人的潜能都被不恰当的教育方式给淹没了。其实，只要你开动脑筋，勇于创新，多想一个主意，就能赚取大笔财富。没有创新能力的人，只能注定贫穷。

按合同办事

　　出口商比尔与犹太商人拉克签订了 10000 箱蘑菇罐头合同，合同规定为："每箱 20 罐，每罐 100 克。"但出口商比尔在出货时，却装运了 10000 箱 150 克的蘑菇罐头。货物的重量虽然比合同规定多了 50%，但犹太商人拉克拒绝收货。出口商比尔甚至同意超出合同重量不收钱，而拉克仍不同意，并要求索赔。比尔无可奈何，赔了拉克 10 多万美元后，还要把货物另作处理。

　　此事看来似乎拉克太不通情理，多给他货物也不要。事实并非那么简单。犹太人精于经商，深谙国际贸易法规和国际惯例。他们懂得，合同的品质条件是一项重要条件，或者称为实质性的条件。合同规定的商品规格是每罐 100 克，而出口商交付的每罐却是 150 克，虽然重量多了 50 克，但卖方未按合同规定的规格条件交货，是违反合同的。按国际惯例，犹太商人完全有权拒绝收货并提出索赔。根据联合国公约，出口商的行为是根本违反合同的，犹太商人此举是站得住脚的。

　　此外，还有个适销对路问题。犹太商人购买不同规格的商品，是有一定的商业目的的，包括适应消费者的爱好和习惯、市场供需的情况、对付竞争对手的策略等。如果出口方装运的 150 克蘑菇罐头不适应市场消费习惯，即使每罐多给 50 克并不加价，进口方的犹太商人也不会接受，因这反而打乱了他的经营计划，有可能使其销售通路和商业目标受到损失，其后果是十分严重的。

　　最后，还有可能会给买方犹太商人带来意想不到的麻烦。假设犹太进口商所在国是实行进口贸易管制比较严格的国家，如果进口商申请进口许可证是 100 克的，而实际到货是 150 克，其进口重量比进口许可证重量多了 50%，很可能遭到进口国有关部门的质疑，甚至会被怀疑有意逃避进口管理和关税，以多报少，要受到追究责任和罚款。

★智慧感悟★

在这个故事中，犹太人商业头脑之精明可见一斑。在贸易往来中，看似占尽便宜的背后，很有可能暗含着许多隐蔽的附加条件。由此，我们应当练就一双慧眼，准确地辨别那些藏于殷勤背后的勒索，抑或是便宜之中的危机。

智慧就是金子

越战期间，美国好莱坞举行过一次募捐晚会，由于当时的反战情绪比较强烈，募捐晚会以一美元的收获而收场，创下好莱坞的一个吉尼斯纪录。不过，在这次晚会上，一个叫卡塞尔的小伙子却一举成名，他是苏富比拍卖行的拍卖师，那一美元是他用智慧募集到的。

当时他让大家在晚会上选一位最漂亮的姑娘，然后由他来拍卖这位姑娘的一个吻，最后他募到了难得的一美元。当好莱坞把这一美元寄往越南前线的时候，美国的各大报纸都进行了报道。

人们看到这一消息，无不惊叹于卡塞尔对战争的嘲讽。然而德国的某一猎头公司却发现了这位天才，他们认为卡塞尔是棵摇钱树，谁能运用他的头脑，必将财源滚滚。于是，这家公司建议日渐衰微的奥格斯堡啤酒厂重金聘他为顾问。

1972 年，卡塞尔移居德国，受聘于奥格斯堡啤酒厂。他果然不孚众望，在那里异想天开地开发了美容啤酒和浴用啤酒，从而使奥格斯堡啤酒厂一夜之间成为全世界销量最大的啤酒厂。

1990 年，卡塞尔以德国政府顾问的身份主持拆除柏林墙。这一次，他使柏林墙的每一块砖都以收藏品的形式进入了世界上 200 多万个家庭和公司，创造了城墙砖售价的世界之最。

1998 年，卡塞尔返回美国。他下飞机的时候，美国赌城——拉斯维加斯正上演着一出拳击喜剧：泰森咬掉了霍利菲尔德的半只耳朵。出人意料的是，第二天，欧洲和美国的许多超市竟然出现了"霍氏耳朵"巧克力，其生产厂家是卡塞尔所属的特尔尼公司。这一次，卡塞尔虽因霍利菲尔德的起诉输掉了盈利额的 80%，然而，他天才的商业洞察力给他赢来了年薪 3000 万美元的身价。

新世纪到来的那一天，卡塞尔应休斯敦大学校长曼海姆的邀请，回母校做创业方面的演讲。在这次演讲会上，一个学生当众向他提了这么一个问题："卡塞尔先生，您能在我单腿站立的时间里，把您创业的精髓告诉我吗?"那位学生正准备抬起一只脚，卡塞尔就已答复完毕："生意场上，无论买卖大小，出卖的都是智慧。"

这次，他赢得的不仅是掌声，还有一个荣誉博士的头衔。

智慧感悟

生意场上并非靠尔虞我诈就能成功，无论买卖大小，关键在于你的智慧，这才是长盛之本；做人同样，聪慧的人永远是赢家。

卡迪拉克的出路

美国大萧条时期，整个汽车市场极度萎靡，豪华车市场几乎陷入崩溃。通用汽车公司的卡迪拉克所面临的唯一问题是：究竟是选择彻底停止生产，还是暂时保留这一品牌等待市场行情好转？

董事会执行委员会正开会决定卡迪拉克的命运时，尼古拉斯·德雷斯塔德特敲门请求委员会给他 10 分钟时间以陈述自己的方案。这不能不说是个冒昧的举动，就好比红衣主教们在梵蒂冈西斯廷教堂开会选举教皇时，一名教区神父敲门要求提出建议一样。德雷斯塔德特却告诉委员会他有一个方案可以使卡迪拉克在 18 个月内扭亏为盈，不管经济是否景气。

他根据自己对卡迪拉克在全国各经销处服务部的观察提出了方案的一部分。当时，卡迪拉克采取的是"声望市场"策略，为争夺市场制定了一项战略：拒绝向黑人出售卡迪拉克汽车。尽管公司采取了这样的种族歧视政策，德雷斯塔德特还是在各地的服务部发现客户中有很多是黑人精英。他们大多为拳击手、歌星、医生和律师，即使在 20 世纪 30 年代经济萧条时期，也有丰厚的收入。这些黑人精英们在那个年代通常买不到象征社会地位的商品，不能住进高档住宅区，无法光顾令人目眩神迷的夜总会。但是，他们可以很容易地绕过通用汽车公司的禁售政策——付给白人一笔钱让他们出面帮助购买。

德雷斯塔德特极力主张执行委员会抓住这一市场。为什么那些白人出面当一次幌子就能赚几百美元，通用汽车公司却要主动放弃这个市场呢？执行委员会接受了这一主张，很快在 1934 年，卡迪拉克的销售量增加了 70%，整个部门也真正实现了收支平衡。相比之下，通用汽车公司的同期销售总量增长还不到 40%。

1934 年 6 月，德雷斯塔德特被任命为卡迪拉克部门总经理。

他还着手彻底改变豪华汽车的制造方式。他指出："质量的好坏完全体现于设计、加工、检验和服务。低效率根本不等于高质量。"他愿意在设计和道具方面进行大量的投资，更乐意在质量控制和一流服务上花大价钱，而不主张在生产过程本身做过量的投资。一位管理人员回忆道："他告诉我们要关注每一个细节。如果别人制造一个零件只需2美元，为什么我们要用3～4美元呢？"

他的这种理念在推行不到3年的时间内，卡迪拉克的生产成本与通用汽车公司的低档车雪佛莱的造价已经差不多一样了，但销售时仍然维持豪华车的高价位，卡迪拉克很快便成为通用汽车公司内最盈利的部门。由于神奇般地使卡迪拉克起死回生，德雷斯塔德特在通用汽车公司内部的发展也由此平步青云。1936年，他被任命为公司最大部门雪佛莱的总经理。毫无疑问，几年后，他将是总公司总裁的有力竞争者。

★ 智慧感悟 ★

没有绝望的形势，只有绝望的人。有时，善于打开传统思维的死结，或从事物本身存在的差异上考虑问题，就能做到"柳暗花明"。

第五章

善于借东风

　　一个成功之人必然是一个善于借力之人，而善于借外力的人总是能成功借别人的力量、金钱、智慧、名望甚至社会关系，用以扩充自己的大脑，延伸自己的手脚，提高赚钱能力——正所谓借他人之光照亮自己的"钱"程。

学会包装

美国豆芽大王鲁几诺·普洛奇在发迹之前，听说中国的孵豆芽很赚钱，尽管只知生产的简单过程，他还是找了一个合伙人皮沙，租用一间店面改成人工豆芽场，加上好几排水槽，就开始干了。他的合伙人皮沙说，他甚至还从来没见过一粒毛豆。但普洛奇鼓励他说："孵豆芽我见过很多次，我知道整个过程，很简单。"

普洛奇请来了几个日本人当顾问，从墨西哥购进大量的毛豆，还请人在杂志上写了些并不见得有趣的"毛豆历史"的文章，并大量散发豆芽食谱。接着跟几个食品包装商人接洽，将生产的豆芽卖给食品包装公司，还直接卖给餐馆或其他的批发商。普洛奇的豆芽生产一开张便开始赚钱。

很快，普洛奇又冒出一个念头，如果跟人签约，让他们把豆芽装成罐头，不是可以赚更多的钱吗？他打电话给威斯康星州的一个食品包装公司，得到答复，他们同意把豆芽制成罐头。

当时正值第二次世界大战期间，所有金属都优先用于军事，老百姓只有极有限的配给。普洛奇冒昧地跑到华盛顿，一直冲到军需生产部门。他虚张声势，用了一个气派非凡的名称介绍自己，这是他和皮沙为他们俩的公司取的名字："豆芽生产工会"。这在华府官员听来，这个名字倒像是什么农人工会，而不是一个只有两个人的公司。于是，军需生产部门便让这位推销天才带走了好几百万个稍微有些毛病但仍可使用的罐头盒。

当普洛奇的生意继续发展下去之后，他和皮沙买下了一家老罐头工厂，开始自行装罐。他将豆芽加上芹菜和其他蔬菜，做成一道美国人喜欢吃的中国"杂碎"菜。普洛奇继续发挥他"虚张声势"的才能，将罐头外面贴上"芙蓉"标签，又故意将罐头"压扁"，让美国人觉得这些罐头来自遥远的中国，销路也就出奇得好，简直有供不应求之势。

以后，普洛奇一面扩大生产，一面将他们的公司改名叫"重庆"，并以"食品联会"的名义，举办大型的全国联销市场推销"重庆"生产的食品，给人造成"重庆"是一家规模宏大、资本雄厚的公司印象。就这样，普洛奇靠"虚张声势"建立企业形象，很快赚进了一亿美元。

★ 智 慧 感 悟 ★

虚实相间，巧妙包装，方能在致富之路上获得丰收。

一代船王包玉刚

包玉刚生于 1918 年的浙江宁波，父亲包兆龙是一位商人，经营造纸业等。包玉刚 13 岁就外出求学，因抗战爆发未能读完大学，他四处奔走，颠沛流离，饱受战乱之苦。在重庆期间，他当上了工矿银行副经理，后来又到上海，任上海银行副行长。这段曲折的生活经历，成了他一生的宝贵财富。

1949 年，包玉刚一家迁往香港，手中有了少许积蓄，便做点小生意，随着资本的积累，便开始商议新的投资项目。父亲认为，"无地不富"，主张经营地产业。包玉刚则认为，地产业务是保守的投资，是"死"的，只能靠收租。他对航运情有独钟，船是"动"的，航运业是一项范围很广大的领域，牵涉到各行各业。他说服父亲，答应了他的要求。

包玉刚首先成立环球有限公司，用 77 万美元买下了一艘用过 26 年、排水量为8000多吨级的烧煤的旧货轮，把船名由"英谖纳"改为"金安号"。当时，航运界的人士讥笑毫无航海经验的包玉刚从事航运业是"'旱鸭子'想吃天鹅肉——痴心妄想"。包玉刚以他独到的经营方式和巨大成果做出了最好的回答。

包玉刚把"金安号"转租给一家船运公司，从印度运煤到日本，就可坐收租金。1956 年，包玉刚发迹的历史性机遇来临。苏伊士运河由于战争而关闭，货轮只能绕道行驶，造成了航运费成倍上涨，租船生意兴隆。"金安号"的租约刚好期满，包玉刚在与那家公司续签新约时，租费提高了许多，仅此一项就赚了不少钱。

在当时的情况下，有两种经营方式可供选择：一种是船留作单程租用或临时性租用，因为租费节节升高，短租可以随时调高租费；另一种是不冒风险，长期租用，平稳收取租金。包玉刚选择了后者。航运业的人士见此讥笑道："这个小伙子是个初出茅庐的傻瓜。"时隔一年，这些人怎么也笑不出声了。1973 年，出现了第一次石油危机，世界上船东的油轮几乎近一半无货可运。赫赫有名的挪威船王瑞斯坦濒临破产，向政府申请补助。而包玉刚却稳收高费，得利不薄，他用 1956 年一年赚的钱买下了 7 条船。初战告捷，为他在航运业的发展奠定了较好的基础。

要大力发展航运事业，必须找一个价格合理的船厂造船。60 年代初期，他的船队已初具规模，但为了迎接世界航运业的挑战，他必须不断扩大船队数量。包玉刚通过反复调查比较，征求有关行家的意见，发现在日本造船最合算。价格之廉、质量之高、交货日期之准时，都是其他国家无法相比的。

自 1961 年与日本造船商签订合同后，包玉刚的船 90% 是在日本造的。他一直这样做，买卖双方都得到了好处，为包玉刚省下了一大笔造船费用，得到了自己需要的物美价廉的新船。作为造船厂商，得到了一个比较稳定的客户，利润也比较丰厚。因此，日本船商非常愿意与包玉刚合作。当造船淡季日本船厂亏损大吃不饱时，包玉刚宁愿自己吃点亏也订船，如 1971 年航运业已经不振了，他继续向日本船商订造了 6 艘巨轮，总吨位达 150 万吨，日商大为感激。

随着航运事业的好转，许多人都希望在日本造船，船厂忙不过来，不肯接单。但只要是包玉刚的，二话不说，立即接单，马上动工。包玉刚的船有 85% 被日本人租用。当包玉刚的造船与租船都获得有力的合作者支持后，在国际航运业的激烈竞争中，包玉刚就可以牢牢地站稳脚跟了。

航运是世界性的业务，包玉刚十分重视世界经济的动态趋势。

到了 70 年代中期，包玉刚已是世界最大私营船舶所有人，拥有 200 艘总载重量达到 2000 万吨的船只。

到了 70 年代末期，国际航运业趋向萧条，包玉刚果断地决定把经营的重点从海上转到陆地，从航运业转向地产业。

"登陆"的第一仗是收购"九龙仓"。1980 年，他控制的隆丰国际有限公司已持有"九龙仓"30% 的股权。"九龙仓"是一个英国资本的庞大的综合性企业，拥有多家公司和许多地产。另一家英国资本的怡和财团，对"九龙仓"也很感"兴趣"，由其属下的置地公司动用资金，准备收购"九龙仓"的股权。包玉刚的控制权因此受到极大威胁，因为置地公司当时是香港最大的"地主"，其实力非常雄厚。出人意料的是，包玉刚在3天内调动21亿港元，以高于置地公司的价格再收购了19%的"九龙仓"的股权，增至49%，他牢牢地控制了该公司。首战告捷，他成功地登上了"陆地"。

当第一仗的硝烟尚未散尽时，第二仗又擂响了战鼓。1985年，香港老牌英国资本的会德丰财团准备出售大部分股票，包玉刚与南洋巨富邱德拔竞相购买，南洋财团首先开价，志在必得。

"会德丰"是英籍犹太人乔治·马登于1925年在上海创办的，太平洋战争时迁往伦敦，战后移到香港，成为香港的"四大洋行"之一。它的业务范围有地产、金融、科技、贸易等，在港公司有120多家，资产总值达70亿港元。包玉刚想得到"会德丰"，指点"九龙仓"加入收购活动。

1985年2月14日，南洋集团宣布从马登家族手中购得"会德丰"13.5%的股权，同时，提出了全面收购建议。两天之后，"九龙仓"宣布已拥有"会德丰"34%的股权，并提出了反收购计划。由于"九龙仓"出价要高，包玉刚的反收购成功，这一战役，总共花了25亿港元。

包玉刚"登陆"两战告捷，使香港整个金融界、工商界都为之震惊。

1991年9月23日，包玉刚走完了他73年的人生旅途，告别了他创造的显赫的事业。港督对他的逝世表示哀悼时说："他可能是第一位真正在国际上享有盛名的本港人士。"

★智 慧 感 悟★

包玉刚之所以能从一个饱受战乱之苦的流浪汉而登上富豪的宝座，跟他审时度势、高瞻远瞩、善于捕捉成功机遇的优点，及果敢的性格、惊人的魄力是密不可分的。

结识明星炒自己

马尔科姆·福布斯是一个善于利用和名人的关系达到既宣传自己，又获得商业利益的典型人物。

马尔科姆·福布斯在和好莱坞巨星伊丽莎白·泰勒认识之前，已经是杂志出版界里响当当的人物，而他那些乘热气球、骑摩托车及收藏法比杰金蛋、玩具士兵、总统文件等怪异作风，又为他添了不少名气，再加上他那若有若无的同性恋问题，更使得原来清晰的名字被媒介冠以越来越多光怪陆离的头衔。不过，纵然如此，他的知名度如果和超级巨星比较起来，还有一段距离。因为，再怎么有名的杂志大亨，圈外人知道的也还是不多。这就像棒球英雄一样，对不看棒球的人来说，再大的棒球英雄在他面前也只是无名小卒。

到底怎样才能提高知名度呢？那就是利用名人的关系，借用名人的名声。伊丽莎白·泰勒曾两次荣获奥斯卡提名奖，因担任《埃及艳后》主角而被世人尊称为"埃及艳后"，而她本人也被称为"好莱坞的常青树"。

马尔科姆与伊丽莎白·泰勒凑在一起是缘于一次商业合作。

泰勒为了推销新上市的"热情"香水，想找一个名声响亮而品位高雅的百万富翁帮忙。因为这种香水的使用对象是品位高而又性感的淑女，让她的香水吸引过去的则必须是品位高而又性感的百万富翁，而马尔科姆似乎很符合这个标准，马尔科姆本人对此似乎也乐此不疲。

这对马尔科姆来讲简直就是天上掉下来的一个扩大知名度的绝佳机会。

"做这个国际巨星的护花使者，就如同往银行里存钱一样。"

马尔科姆为自己大出风头的时机即将到来而内心雀跃不已。虽然在场的镁光灯全都把目标对准泰勒，但只要和泰勒站在一起，还愁自己不成为全世界瞩目的焦点吗？

从此，马尔科姆便和泰勒搅在一起，马尔科姆也从此黏住伊丽莎白·泰勒不放。

"我做什么都是享受人生，扩展事业。"马尔科姆表示他与泰勒出双入对可以达到目的。

虽然马尔科姆经常表示他和泰勒无意结婚，但同时也经常做出一些小动作，让外界保持对他们的浪漫的幻想。

还有一次，《新闻周刊》的记者采访马尔科姆，提到有传言他向泰勒求婚。马尔科姆笑着回答说那只是空穴来风，不过他并没有否认他们之间的罗曼史。

但不管怎么说，马尔科姆借助这种与名人的友谊所产生的经济效益的确越来越高。很多从不涉足商界的人因为伊丽莎白·泰勒而知道了马尔科姆·福布斯。马尔科姆的名声像滚雪球一样越滚越大。

马尔科姆为伊丽莎白·泰勒和她所致力的艾滋病防治运动投入了不少时间和金钱，在他70岁寿诞时，他要连本带利地回收了。

在这场耗资二三百万美元的超豪华晚宴上，泰勒以女主人的身份出现，从而成为宴会上最闪亮的明星。不过她充其量只是个配角而已，马尔科姆一直都在利用她的名气促销自己，不管她本人有没有感觉到。她只是马尔科姆事先设计好的盛大表演的一个活道具，而这也正是马尔科姆的前妻罗柏塔最不情愿扮演的角色。

1987年，马尔科姆为庆祝70岁大寿在摩洛哥皇宫举办了又一场晚宴。这次宴会总共有800多名工商巨子和政客显贵参加，包括记者在内的来客，所有的交通费用都由《福布斯》承担。出席宴会的名人大致可分为两种：一种是家喻户晓的明星级人物，如巴巴拉·华特丝、亨利·基辛格、李·艾柯卡以及来自石油世家的哥登·盖堤、大都会传播企业的克鲁吉、英国出版王国的麦克斯韦尔、英国企业界霸主詹姆斯·高史密斯等；另一种贵宾则是《福布斯》出版企业的衣食父母，包括美国信托公司的丹尼尔、20世纪福斯特公司的巴端·泰勒、国际纸业的乔吉斯、西屋公司的马如斯、丰田公司的东乡原、福特公司的哈洛·波林、通用公司的罗杰·史密斯等。

这些世界上响当当的大人物，可以说是马尔科姆最宝贵的收藏品。他们的"展出"，不断为马尔科姆带来名望和利润。

★智慧感悟★

　　一个人想在某些圈子里成名并不难，但是，如果想在很多圈子里声名远播可就棘手了。因此，不少富人都借助机会炒作自己，因为他们知道——名气也可以带来财富；而和名人结交，也会使自己成为名人。

善借互联网

安徽省岳西县地处大别山腹地的高寒地带，这里是王永安的家乡。为了能走出这片贫瘠的大山，当地老百姓的最大"爱好"就是做鞋，拼命地做鞋。长年累月，这里的妇女几乎人人都做得了一手好布鞋。

1993 年，繁华的深圳。走过 100 多里山路到了县城，又赶车 1000 多里颠簸到深圳的王永安身上背着 3 双母亲和妻子赶制的布鞋，在街头观赏着繁华的现代都市，并寻找着自己的未来。

高中文凭，加上写得一手漂亮文章，在当时的深圳来说，王永安就比其他打工仔多一些优势。寻找工作非常顺利，他到了一家广告公司搞文案。王永安在工作中拼命地学习，接受着改革开放吹入国门的各种新观念、新思想。

一次偶然的谈话却改变了王永安的人生轨迹。他听到一个做外贸的朋友说，现在出口一台冰箱还不如出口几双布鞋挣钱，国外对中国传统布鞋的需求量很大，每年有 1000 多万双中国传统布鞋销往世界各地。

说者无心，听者有意。王永安想到了自己包里的那两双一直都舍不得穿的布鞋。他的第一个反应就是，可不可以把家乡的布鞋也拿到国外去卖呢？他的家乡，一个闭塞得几乎与外界隔绝的穷地方，妇人们只按自己的方式来制作她们心目中认为最美丽、最适用的鞋样，以尽量减轻男人们在外奔波的痛楚。没有机械，全凭手工，够传统的了。

两年时间的市场考察，王永安证实了朋友并没有骗他，而且令他欣喜的是，所有出口布鞋要么是黏合底，要么是注塑底，没有一双真正传统意义上的全手工布鞋。这让他把家乡布鞋推广出去的愿望更加强烈了。

可是他只知道布鞋在国外市场空间大、生意好，但朋友并没有教他怎么做产品才能打入国外市场。因为毕竟这不是去岳西县城卖鸡蛋。

不但要让老外知道你在卖中国最传统的布鞋，还要熟悉出口产品的一系列繁杂手续。

网络技术在中国如火如荼的发展让他了解并亲身体验到了这种方式的便捷。他所在的公司了解客户，一般都是看客户公司的网页介绍，信件的往来也通过 e–mail。有一天王永安拍着自己的脑袋踱出办公室大笑：这不就是最好的方式吗？把自己的布鞋产品信息发布到互联网上，让全世界的人都知道中国有个布鞋之乡——岳西。

1997 年，王永安回到家乡。他的设想遭到了家人的一致反对。但是，王永安认定了，他要用事实来说话。第二天，王永安背了几个干馍，揣着打工的积蓄，到县城里去了，走出了他办厂的第一步。同时，为了打通山里与外界的隔阂，他买电脑、办上网手续，买电脑方面的书，自学电脑相关知识和与客户直接交流的简单英语……

王永安买了电脑和王永安要办一个布鞋厂，对山里的人来说，都具有相当于中国加入 WTO 签订了双边协议同样的轰动效果。因为这带来的不仅是现代观念的冲击，更有乡亲们为提升当地经济水平、改善生活质量的渴盼。

按照自己已有的设想，王永安招收了 500 名当地妇女，扯起了养生鞋厂的大旗。这 500 名"工人"利用一年中农闲的 8 个月，在自己家里进行布鞋加工制作。再设几名专职的管理人员，负责产品质量的控制和物料的管理，自己则负责总体管理和对外营销。

王永安最多时可以发动 1 万多名乡亲来进行布鞋加工。整个生产进行流水作业，500 名"工人"各司其职，一天正常可生产 100 双鞋。

安排好生产，王永安便专心致力于销售通路的建设。他的目标是网络。

一个美国资深电子商务专家为不适合在网上销售的商品排了一个名次，鞋子在其中排第 4 名。但是王永安以自己的方式，让他"全国独一家"的网上鞋店红红火火地经营起来。

最先，王永安只能依靠电子公告板，到许多国内有影响的不同站点上去发布自己产品的信息。不过几天时间，他居然卖掉了两双布鞋，而且是凭借网上零售方式售出的。这给了王永安莫大的信心。

1998 年 7 月，通过上网了解和查询，王永安又将已有一点名气的养生鞋厂挂接到郑州一个叫"购物天堂"的网站上，网页的制作与维护都由郑州方面负责，1 年的服务费用为 600 元，王永安只负责提供资料。客户在网上看样、下订单、签合同，最后按客户的要求通过深圳外贸进出口公司，发往指定港口、码头交货，整个网上销售系统显得十分的顺畅。20 多家国内外代理商通过网络认识了这个小县城里的鞋厂，并开始与其磋商做养生鞋厂的代理事宜。其中从国外发来电子邮件的有好几家。令王永安永生难忘的是，第一笔同外商交易成功的业务，是在深圳进出口公司的帮助下，700 多双布鞋销到了美国洛杉矶。这些在常人看来难登大雅之堂的布鞋，这些出自于中国农民粗糙之手的布鞋，终于走出了国门。在接下来的短短几个月时间里，王永安通过他的网上鞋店共销售了约 1 万双左右的布鞋，让贫困的山里人真正看到了知识的力量和致富的希望。网上销售的成功让王永安激动不已，更让家里人改变了对他创业初期的看法。

随着销售量的提高，王永安进一步扩大了布鞋品种，加大了对外宣传力度。1999 年 2 月，王永安申请了自己独立的国际域名，用英文、中文简体和繁体 3 种语言形式在网上发布养生鞋厂的信息，并与国内许多与鞋产品有关的几十个网站进行了链接。其效果十分明显，在鞋类上，养生厂可以生产老、中、青、少、小不同层次、不同类型的布鞋100 多种。

养生鞋厂的业务量突飞猛进，布鞋产品全部出口国外，包括美国、日本、英国、芬兰等 10 多个国家。产品供不应求，生产与销售已基本走上了正轨。依靠昔日难登大雅之堂的平凡的布鞋，王永安让全村人均增收达到每年2000 元，昔日的贫困山区面貌得到了彻底的改变。而他的 3 万元投资，两年时间增值到了 50 余万元。

★★★ 智慧感悟 ★★★

善于利用一切便利的工具和条件，是一个投资者财智的重要表现。如今，我们面对着一个波澜云涌、瞬息万变的社会，充分利用高科技的成果，便可"好风凭借力，送我上青云"。

吕不韦投资从政

秦昭襄王跟赵惠文王在渑池会谈后，为保障互不侵犯，把孝文王的公子异人送到赵国做人质。异人到赵后，赵孝成王想杀秦公子异人来报复秦国的进攻，平原君对赵王说：

"留着他，还可做赵国后退时的一个信物，杀他并没好处。"

孝成王答应不杀了，但从此减少了对公子异人的供给。

秦公子异人常常蓬头垢面地流落街头。

商人吕不韦发现此人，以为奇货可居，就跟父亲说："种庄稼能得利多少？"

吕父说："一倍！"

吕不韦又问："经商呢？"

吕父说："十倍！"

吕不韦接着问道："要是打倒一个君主、另立一个君主，那利息该是多少呢？"

吕不韦父亲笑道："那可没有止境了！"

听了父亲的话，吕不韦毅然决定割舍赵姬了。虽然没跟他父亲说明要做什么，但跟公子异人往来频繁起来，除却供给异人钱财、衣食外，还贿赂监视公子异人的赵人，让公子异人得以自由活动。因此公子异人感激吕不韦而跟他甚是亲近。一天，吕不韦请公子异人到家饮酒，特意让他最得意的赵姬来侍奉。赵姬跟吕不韦已同居有了身孕，而在敬酒时故意挑逗公子异人。她转动秋波轻盈地一笑，公子异人就全身酥软了；而她再挑眉梢、抿嘴儿劝酒时，公子异人就有些神魂颠倒，把酒杯都碰倒了。赵姬借扶酒杯的时机，又摸了公子异人手一下，公子异人就呆若木鸡，两眼直勾勾地看着赵姬，一动不动。

吕不韦把这一切看得清清楚楚，他虽然喜欢赵姬，但是为了实现他夺国的目的，也只好忍痛割爱了。于是在酒桌上就把赵姬许给了公子异人。秦公子异人乐得一个劲儿地许愿。

吕不韦怕夜长梦多，赵姬也怕逐渐露出真相。两人又亲热了几日，吕不韦对赵姬说：

"他既然上了钩，就得把他钩住。快点办婚事，将来你就是皇后了。那时可别忘了我！"

赵姬道："我能离开您吗？"

公子异人与赵姬婚后，不久，生子名叫政。公子异人从此跟吕不韦亲密无间。一天，吕不韦对他说："秦王年纪已高，君父安国君恐怕不久就要继位了，即位后就要立太子，您不早些回国，那二十几个公子，说不定谁就被立为太子，您就误事了。"

赵姬也这么说。

公子异人说："我没这么高的奢望，父亲不喜欢我，才推我出来做人质。我怎么还敢盼望做太子？要能回秦国，那就算幸运了！"

吕不韦道："不然！您及早回去侍奉华阳夫人，是能做太子的。您父亲很宠爱华阳夫人，而华阳夫人没儿子，您只要侍奉好华阳夫人，她收您做了儿子，安国君准能立您为太子。我再豁出去几千两黄金，到秦国去替您办这件事，您等待好消息吧！"

公子异人立刻跪拜说："将来，我一定有厚报！"

吕不韦到秦国，先送给华阳夫人的姐姐千两黄金，又托她把另外几千两黄金送给华阳夫人，说是公子异人孝敬的。

华阳夫人的姐姐说："公子异人可真是个孝顺的孩子。"

吕不韦听她赞美异人，就立刻赶上去说：

"华阳夫人要是能有这么一个孝顺又好学的儿子，那就幸福无穷了。"

华阳夫人的姐姐也随声答应。

吕不韦于是进一步试探道：

"华阳夫人是安国君最宠爱的人，只要夫人同意，安国君也会同意。您可跟夫人说说，收异人为儿子。"

华阳夫人被她姐姐说动了，就一同跟安国君商量。安国君刚一犹豫，华阳夫人就抱住他开始撒娇，安国君便立刻同意了。

安国君让夫人找来吕不韦，说：

"迅速把公子带回秦国。"

吕不韦表示宁愿倾家荡产来帮助他们团聚。安国君给吕不韦三千两黄金做费用，华阳夫人又补上一千两，嘱咐吕不韦快办。

　　吕不韦回到赵国，把金子先交给公子异人，并告诉他办成的经过，公子异人一再向吕不韦表示绝不相负。

　　昭襄王四十九年围赵都邯郸，吕不韦对公子异人说：

　　"秦征伐赵国，赵国不屈服。如果赵王把气发泄在您身上，就危险了。"

　　于是跟公子异人商量出逃。但周围全有赵军防守出不得城，公子异人一筹莫展，吕不韦又拿出几千两金子送给守城的赵将，撒谎说：

　　"我是阳翟商人，全家暂时住邯郸，秦围邯郸，就困在这里，思家又不得归。现在我把黄金全送给您，请行行好放我回家。"

　　赵将得了金子，便放他们出了赵国都城。

　　出了城，经过秦军防地，吕不韦、公子异人、赵姬、赵政见了昭襄王，昭襄王让他们迅速回秦，也就一路顺风了。

　　到秦国，公子异人换上楚国服装，来见安国君、华阳夫人。华阳夫人说：

　　"在赵多年，怎么穿上楚国服装？"

　　公子异人道：

　　"儿在赵国穿赵服，思念母亲就穿楚服。"

　　华阳夫人眉开眼笑道：

　　"我喜欢这样打扮，儿也喜欢这样打扮，真是亲生儿了！"

　　于是公子异人就称子楚，住在华阳夫人宫里。

　　昭襄王死后，安国君即位为孝文王，子楚为太子；孝文王死后，子楚立为庄襄王，赵政为太子，封吕不韦为丞相；庄襄王死后，政立为秦王。吕不韦宏大的夺国计划得以全盘实现。

★智慧感悟★

　　吕不韦的投资从政，不能不说是一项极具风险的投资。为了达到自己的权力野心，吕不韦不仅割舍所爱，而且还不惜所有钱财，图谋大业。吕不韦的成功，至少可以证明这样几个问题：有真知灼见，才敢大胆投资；要懂得借人借势，方能有大收获。

专挑5分钱的硬币

有一个男孩常遭到同伴的嘲笑，因为每当别人拿一枚1角的硬币和一枚5分的硬币让他选择时，他总是选择5分的硬币，大家都笑他愚蠢。

有一位同伴觉得他太可怜了，就对他说："让我告诉你，虽然1角的硬币看起来比5分的硬币要小些，但它的价值是5分硬币的两倍，所以你应该拿1角的硬币。"

但小男孩回答说："假若我拿的是1角的硬币，下一次他们就不会拿钱来让我选了。"

小男孩明白，只有选择5分钱的硬币，他才可以长期拿下去；选择1角的硬币，只能有眼前的利益，实际上并不是好办法，这是目光长远的最佳例子。

无独有偶，有一个小故事说到，有一个聪明的小男孩，一天妈妈带着他到杂货店去买东西，老板看到这个可爱的小孩，就打开一罐糖果，要小男孩自己抓一把糖果。这个小男孩却没有任何的动作。几次的邀请之后，老板亲自抓了一大把糖果放进他的口袋中。

回到家中，母亲很好奇地问小男孩，为什么没有自己去抓糖果而要老板抓呢？小男孩回答得很妙："因为我的手比较小呀！而老板的手比较大，所以他抓的一定比我抓的多很多！"

这个聪明的孩子，他知道自己的有限，而更重要的，他也明白别人比自己强，于是他选择了"放长线钓大鱼"的做法。

智慧感悟

"杀鸡取卵"和"掠夺式"的经营方式、目光短浅的投资战略最终都可能使你败下阵来。正如适当的退是为了更好地进，暂时的忍耐是为了厚积薄发一样，用迂回的方式恰恰能直抵目标的核心。

跻身上流社会

商场有句俗语是"天大的面子、地大的本钱"，道出了人脉资源在商业活动中的重要性。古往今来最熟知个中三昧，并且运用自如的，恐怕当数金融界大亨罗思柴尔德家族了。

19世纪20年代初期，罗思柴尔德在巴黎发迹，不久之后他就面对最棘手的问题：一名犹太人，法国上流社会的圈外人，如何才能赢得仇视外国人的法国上层阶级的尊敬呢？罗思柴尔德是了解权力的人：他知道他的财富会带给他地位，但是他会因此在社交上被疏离，最后地位与财富都将不保。因此他仔细观察当时的社会，思考如何受人欢迎。

慈善事业？法国人一点也不在乎。政治影响力？他已经拥有，结果只会让人们更加猜疑。他终于找到一个缺口，那就是无聊。在君主复辟时期，法国上层阶级非常无聊，因此罗思柴尔德开始花费惊人的巨款娱乐他们。他雇用法国最好的建筑师设计他的庭园和舞厅，他雇用最驰名的法国厨师卡雷梅准备了巴黎未曾目睹过的奢华宴会。

没有任何法国人能够抗拒，即使这些宴会是德国犹太人举办的，罗思柴尔德每周的晚会吸引来越来越多的客人。

终于，罗思柴尔德的晚会反映出他渴望与法国社会打成一片，而不是混迹于商界的形象。透过在"夸富宴"中挥霍金钱，他希望展现出他的权利不只在金钱方面，而是进入更珍贵的文化领域。罗思柴尔德或许透过花钱赢得社会接纳，但是他所获得的支持基础不是金钱本身就可以买到的。往后几年他一直受惠于这些贵族客人，并将事业做得越来越大。

智慧感悟

有人说:"看一个人的人际关系,就知道他是怎样的人,以及将会有何作为。大多数人的成功,都源于良好的人际关系。"对此,财智高超的人总是用心去经营人脉"磁场",并在其中如鱼得水,游刃有余。

让你的资源增值

约翰逊是纽约某大报的记者，他大学一毕业，当了两年兵退伍后，就顺利地到一家大媒体报社当财经记者，而且任何他要采访的对象，似乎都可以手到擒来。附带一提，由于约翰逊长得很帅，又是大报的记者，所以受到许多美女的青睐。

就在一切都很顺利的时候，约翰逊有一次与公司主管发生冲突，心里觉得很委屈。这时候，突然有一家小型报纸想高薪聘请他，而且愿意让他主跑外地新闻线。

约翰逊心想："我在新闻媒体圈才工作了一年，就已经小有名气了。现在有人多出50%的薪水挖我，又让我跑自己喜欢的新闻线，我为什么要留在这里受闷气呢？"于是约翰逊跳槽了。

约翰逊到这家小报社上班采访的第一天，怪事便发生了。原本可以立即顺利邀约采访的明星和大老板，都推说有事，要另外安排时间；而原本安排给自己出书的出版社，也突然推说出版计划受到经济不景气的影响要暂停；甚至那个本来见到他都很和气的豆腐西施，看到他新公司的招牌后，脸孔也换成一副欠她钱的样子。

瞬间，全世界都好像在跟约翰逊作对，变得不认识约翰逊这个人了。当然，约翰逊由于绩效不如预期，也时常遭受新老板的冷眼相对。

约翰逊觉得很郁闷，他不知道自己原来就像一只"狐假虎威"的狐狸，不知道以前别人对他表现的尊重与喜爱，是因为他背后代表的大媒体招牌拥有的舆论力量，而不是因为他本身的专业与人际关系的积累。

★ 智 慧 感 悟 ★

有时决定一个人身份和地位的并不是他的才能和价值，而是他背后隐藏的资源。一个人要想取得成功，就必须占有充分的资源。

爱 "才" 的约翰逊

在美国，资产雄厚的约翰逊，他已拥有了一批如旅馆、实验机构、自动洗衣店、电影院等不同类型的企业，但仍然热衷于兼并其他企业。

约翰逊决心跻身于杂志出版界，并计划发展一套在美国有影响的杂志丛刊，但他自己对杂志业务一点也不熟悉，这就需要物色一个懂行的人才帮助他主管这项工作。但这种人才到什么地方才能寻觅得到呢？这使他一时感到很苦恼。

不久，经朋友介绍，他认识了一位名叫罗宾逊的杂志发行人。

罗宾逊多年以来，一直在编辑、发行一份挺不错的杂志，其内容涉及某项日趋发展的领域，但这份杂志未能得到畅销。

尽管杂志销量不大，但罗宾逊的知识很全面，在专业出版界里，他是公认的优秀人才，办这份杂志，他自己承担了大部分的工作，加上成本低廉，所以，他的日子还算过得比较宽裕。

这样，一些大的出版商曾多次找过罗宾逊，想把罗宾逊和他的杂志拉过去，但谁都没有达到目的。

约翰逊了解到这些情况之后，认为罗宾逊确实是自己所需要的人才，他接连两次找上罗宾逊的家门，但仍然碰了钉子。

约翰逊是一个不达目的不善罢甘休的人。他决意要获得罗宾逊的这份杂志，还要以罗宾逊为核心，办起一套更具影响的专业丛刊。尽管在罗宾逊面前碰了两次钉子，他认为自己对罗宾逊的心路还不明，是对他缺乏必要的了解所至。他认为，一个实业家物色自己需要的人才，就要用超乎寻常的耐心去等待、去争取。

约翰逊通过对罗宾逊认真观察与了解，这才知道他是一个恃才傲物的人。罗宾逊最瞧不起那些大出版商，他称那些大出版商为制造低级杂物的 "工厂"。

此外，约翰逊还了解到，罗宾逊还对独立经营者所具有的那种高度冒险的乐趣，已渐渐失去对他的吸引力。而且，罗宾逊不相信局外人，尤其是那些与他的创造性领域不相干的"生意人"，特别是那些毫无创造性目的的出版商。

约翰逊掌握了这些情况以后，他第三次找到了罗宾逊谈话。一开始，约翰逊就坦率地承认，他对办杂志、出版业务不熟悉，但他需要一个行家里手主持开辟专业出版的新领域，并指出罗宾逊正是这样的一位杰出人才。

接着，约翰逊掏出一张2.5万美元的支票，说："自然，在股票和长期利益方面，我们还会赚到更多的钱。但是，我觉得，任何一项协议，就像我希望和你达成的这项协议，都应当有直接的、看得见的好处。"然后，约翰逊停顿了片刻，用期待的目光盯着罗宾逊。接着，用强调的口气，向罗宾逊介绍了他的一些同事，特别是他的业务经理，指出这些人完全听从罗宾逊的调遣，并承诺罗宾逊所希望摆脱的一切杂务。

罗宾逊听完这些，他固执的脑子终于开始松动。于是，他们之间进一步商谈。罗宾逊坚持做一笔直接的、干净的现款结算交易，不接受带有附加条件的上级公司股票，但约翰逊强调长期保障。

他指出，上级公司的股票正在增值，而且股票的利息与他紧密相关。约翰逊还进一步指出，他需要罗宾逊这样充沛的创造力，不能让别的工作或别的任何事情削弱他的这种创造力。这不仅是为了他自己公司的需要，更是让罗宾逊充分发挥才华的需要。

罗宾逊最后终于同意了把自己的杂志转让给约翰逊，为期5年，他自己也在此期限内为约翰逊服务。他得到的现款支付为4万美元，其余部分则为5年内不能转让的股票。

这样，罗宾逊满足了自己主要的条件，他将可以摆脱那些乏味的工作，他可以全身心地投入到他的创造工作，他有了足够的资金，他也摆脱了苦恼。

约翰逊却得到了另一种值钱的资产——一个难得的人才，而付出的代价还在他愿意付出的数额之内，这真是两全其美。

智慧感悟

在某种程度上，人才比财富更重要，拥有第一流的人才，是实现财富扩张的先决条件。胸怀韬略的投资者本着"以人为本"的理念，在财富之路上走得很远；相比之下，目光短视的人，只在乎眼前的一点收益，事实所达到的地方也仅在眼光所及之处。

借鸡生蛋成大业

美国船王丹尼尔·洛维格的第一桶金，乃至他后来数十亿美元的资产，都是借鸡生的"金蛋"。可以说，他整个事业的发展是和银行分不开的。

当他第一次跨进银行的大门，人家看了看他那磨破了的衬衫领子，又见他没有什么可做抵押的，自然拒绝了他的申请。

他又来到大通银行，千方百计总算见到了该银行的总裁。他对总裁说，他把货轮买到后，立即改装成油轮，他已把这艘尚未买下的船租给了一家石油公司。石油公司每月付给他的租金，就用来分期还他要借的这笔贷款。他说他可以把租契交给银行，由银行去跟那家石油公司收租金，这样就等于在分期付款了。

许多银行听了洛维格的想法，都觉得荒唐可笑，且无信用可言。大通银行的总裁却不那么认为。他想：洛维格一文不名，也许没有什么信用可言，但是那家石油公司的信用是可靠的。拿着他的租契去石油公司按月收钱，这自然会十分稳妥。

洛维格终于贷到了第一笔款。他买下了他所要的旧货轮，把它改成油轮，租给了石油公司。然后又利用这艘船做抵押，借了另一笔款，从而再买一艘船。

洛维格的成功与精明之处，就在于他利用那家石油公司的信用来增强自己的信用，从而成功地借到了钱。

这种情形继续了几年，当第一笔贷款付清后，他就成了这条船的主人，租金不再被银行拿走，而是顺顺当当进了自己的腰包。

当洛维格的事业发展到一个时期以后，他嫌这样贷款赚钱的速度太慢了，于是又构思出了更加绝妙的借贷方式。

他设计一艘油轮或其他用途的船，在还没有开工建造，尚处在图纸阶段时，他就找好一位顾主，与他签约，答应在船完工后把它租给他们。然后洛维格拿着租船契约，到银行去贷款造船。

当他的这种贷款"发明"畅通后，他先后租借别人的码头和船坞，继而借银行的钱建造自己的船。他有了自己的造船公司。

就这样，洛维格靠着银行的贷款，爬上了自己事业的巅峰。

★智 慧 感 悟★

西方生意上有句名言："只有傻瓜才拿自己的钱去发财。""给我一个支点，我就能撬动地球。"阿基米得的"支点"就是一种凭借。任何巨额财富的起源，建立在借贷基础上是最快捷的。就是说，要发大财先借贷。毕竟，"买船不如租船，租船不如借船"，借得大船，方能去远洋。

第六章

思考为财富增值

牛顿告诉我们："我的成功归于精心的思考。"只有在精心的思考中，赚钱的灵感才会涌现。"一天的思考胜过一周的蛮干。"我们只羡慕别人拥有大海，但不知道别人一点一滴艰辛的积累。如果你想跻身成功人士的行列，想成为一名千万富翁，那你就必须从现在起做一个善于学习和总结的人，做一个视野宽阔、胸襟宽广、胆大心细的人。切记，你要想在芸芸众生中脱颖而出，不但要付出加倍的艰辛，同时还要充分利用你的大脑，你不去主动抓住商机，商机又怎么会光顾你？

没有穷困的世界，只有贫瘠的心灵

1975 年 3 月的一天，菲力普在当天报纸上偶然看到的一条新闻：墨西哥发现了类似瘟疫的病例。从看到这则消息的那一刻起，他就开始思考：如果墨西哥真的发生了瘟疫，则一定会传染到与之相邻的加利福尼亚州和得克萨斯州，而从这两州又会传染到整个美国。事实上，这两个州是美国肉食品供应的主要基地。如果真的出现了疫情，肉食品一定会大幅度涨价。

想到这些，他再也坐不住了，当即找医生去墨西哥考察证实，并立即集中全部资金购买了邻近墨西哥的两个州的牛肉和生猪，并及时运到东部。果然，瘟疫不久就传到了美国西部的几个州。美国政府下令禁止这几个州的肉制品和牲畜外运，一时美国市场肉类奇缺，价格暴涨。菲力普在短短几个月内，就净赚了 900 万美元。

在此创富事例中，菲力普先生运用的信息，是偶然读到的"一条新闻"和自身所掌握的地理知识：美国与墨西哥相邻的是"加州和得州"，且两州为全美主要的肉食品供应基地。另外，依据常规，当瘟疫流行时，政府定会下令禁止食品外运；禁止外运的结果必然是，市场肉类奇缺，价格高涨。但是否禁止外运，决定于是否真的发生了瘟疫。因此，墨西哥是否发生瘟疫是肉类奇缺、价格高涨的前提。精明的菲力普立即派医生去墨西哥，以证实那条新闻的可靠性。他确实这样去做了，因此也获得了 900 万美元的利润。

记住这个事实：没有穷困的世界，只有贫瘠的心灵。谁也不会因大自然的供应短缺而受穷，那些穷人的窘迫并非完全是外界造就，更多是源自自己内心的贫瘠。其实，每个人都拥有一把打开财富之门的钥匙，只要你肯努力地去寻找，就会获得你想要的财富。

智慧感悟

　　很多时候，机遇就摆在我们面前，但是很多人抓不住它，究其原因，是因为很多人从来没有进行认真的思考。

　　对于一个有智慧而又渴望财富的人来说，用思考的力量获取财富无疑是一件充满乐趣的事情。

更好的抉择

两个贫苦的樵夫靠着上山捡柴糊口，有一天在山里发现两大包棉花，两人喜出望外，棉花的价格高过柴薪数倍，将这两包棉花卖掉，足可让家人一个月衣食无虑。当下两人各自背了一包棉花，便欲赶路回家。

走着走着，其中一名樵夫眼尖，看到山路下有一大捆布，走近细看，竟是上等的细麻布，足足有10多匹之多。他欣喜之余，和同伴商量，一同放下肩负的棉花，改背麻布回家。

他的同伴却有不同的想法，认为自己背着棉花已走了一大段路，到了这里才丢下棉花，岂不枉费自己先前的辛苦，坚持不愿换麻布。先前发现麻布的樵夫屡劝同伴不听，只得自己竭尽所能地背起麻布，继续前行。

又走了一段路后，背麻布的樵夫望见林中闪闪发光，待近前一看，地上竟然散落着数坛黄金，心想这下真的发财了，赶忙邀同伴放下肩头的麻布及棉花，改用挑柴的扁担来挑黄金。

他的同伴仍是那套不愿丢下棉花以免枉费辛苦的想法，并且怀疑那些黄金不是真的，劝他不要白费力气，免得到头来一场空欢喜。

发现黄金的樵夫只好自己挑了两坛黄金，和背棉花的伙伴赶路回家。走到山下时，无缘无故下了一场大雨，两人在空旷处被淋了个湿透。更不幸的是，背棉花的樵夫肩上的大包棉花，吸饱了雨水，重得完全无法再背得动。那樵夫不得已，只能丢下一路辛苦舍不得放弃的棉花，空着手和挑金的同伴回家去。

面对机会的来临，人们常有许多不同的选择方式。有的人会单纯地接受；有的人抱持怀疑的态度，站在一旁观望；有的人则顽强得如同骡子一样，固执地不肯接受任何新的改变。而不同的选择，当然导致截然迥异的结果。许多成功的契机，起初未必能让每个人都看得到

深藏的潜力，而起初抉择的正确与否，往往更决定了成功与失败的
分野。

★智慧感悟★

　　在人生的每一次关键时刻，审慎地运用您的智慧，做最正确的判
断，选择属于您的正确方向。同时别忘了随时检查自己选择的角度是
否产生偏差，适时地加以调整，千万不能像背棉花的樵夫一般，只凭
一套哲学，便欲度过人生所有的阶段。

学会放弃

挪威的船王阿特勒·耶伯生出生在卑尔根的一个殷实家庭，其父克列斯蒂·耶伯生是当地的一个小船主，家庭经济生活比较富裕。他开始在一所教会学校读书，后就读于英国剑桥大学。毕业后，曾到奥斯陆、汉堡和纽约做过商业经纪人。

受家庭环境的影响，耶伯生从小就接受实业思想的熏陶。因此，早在青年时期他就表现出做生意的才能。1967 年 8 月，他父亲在旅游途中因出车祸而丧生，31 岁的耶伯生继承了父亲的产业，开始管理一家船业公司。从此他走上了经商的道路。

经过十几年的艰苦奋斗，耶伯生公司已从原来只有 7 条船的小公司，变成了拥有 120 多万吨的 90 条船的大型船队，并且在世界各地的油田、工厂和其他项目中拥有大量投资。目前，他到底有多少财产，连他自己也说不清楚："我唯一能说清的是，接受保险的财产大约是 57 亿克朗。"他的船运公司曾获得"挪威 1977 年最佳企业"称号，这在挪威航运界是独一无二的。

耶伯生父亲在世时曾尝试经营油船，在他接管一年后就果断决定卖掉油船，放弃运油行业。他的理由是：当时的船运公司没有实力，命运操纵在石油大亨们的手中，如果把本钱的大部分压在两三条大油船上实在没有把握。耶伯生退出运油业后，迅速将资金投在散装货物的运输业上，并与工业部门签订了长期的运输合同。

事实证明，耶伯生的分析判断是极其正确的。油船脱手后，虽然他没有领受到 1973 年石油运输短暂兴旺的好处，但是当石油运输的投资家们在 70 年代中期连遭厄运打击时，他却稳如泰山、丝毫无损。

他以长期合同为基础，逐渐增置了 6000 吨至 6 万吨的散装船，为大企业运输钢铁产品和其他散装原料，积累了雄厚的资本。

耶伯生主张，发展挪威的航运业，必须面向世界，走向世界市场，如果把眼光仅仅停留在国内的航运业，将会自我消亡。他的信念是：必须坚决走出去，放弃过去的，哪里有可利用的资本和待运的货物，就到哪里去。这就是他取得成功的最关键之处。

值得一提的是，华人首富李嘉诚先生在投资创富上的见地几乎和耶伯生如出一辙。李嘉诚投资地产，能攻能守，对攻守时机判断准确，已为业内公认。且看他在 1982 年股市地产陷入低潮之前，怎样评估形势，做出暂退的部署。

1982 年到 1984 年，全球经济不景气，对香港造成严重的冲击，工业衰退，股市暴跌，地产也一落千丈。结果，令投资地产者蒙受巨额的损失。

与此相反，李嘉诚的长江公司则采取稳健政策，暂时放弃，结果安然度过这次经济危机。这得靠李嘉诚对形势的判断，独具慧眼，预见到地产业面临世界经济衰退和长期利息高涨的压力，1982 年将会大幅向下调整，并据此做出暂退的部署。

《李嘉诚成功之道》一书中这样写道："他一旦发觉形势不妙，就从 1980 年开始，一方面尽量减少，甚至停止直接购入地皮；另一方面加速物业发展，尽快出售。"目的是令"各个公司的负债日益减少，现金充足，以应付任何意外的风波"。李嘉诚的财商之高，由此可见一斑。

★☆★☆★☆★☆★☆★
智慧感悟

在商业上，适时地放弃，也是企业营运的重要手段。放弃是为了调整产业结构，保留实力。在形势不明朗时忍耐一会儿，不急进；在经济萧条时，放弃一部分业务，保证能渡过难关，到经济复苏时，再扩大投资。

错位经营的派克

18 年前美国派克钢笔突发奇想决定要谦虚一把，从贵族豪门走出来，一头扎进平民窝里想尝尝寒酸的滋味。贵族沙龙里少了派克，平民的寒舍里却没有给派克腾出板凳。它像个走丢的王子开始反省：我算哪根葱？

派克钢笔在美国乃至世界上大名鼎鼎，就像瑞士的劳力士手表，集高贵典雅、精美贵重于一身，平民不敢问津。它是财富的象征，它是帝王、总统和有钱人互赠的礼品。它的价值不仅表现在体面和耐用上，同时也是收藏的珍品。

但 18 年前的一天，它摇身一变，革了一回自己的命，自贬身价，投怀送抱于寻常百姓家。从此，有身份的人开始对它冷处理，再也不肯用高贵的手触摸它。而平民对它也并不钟爱，就好像粗人选老婆，要的是中用结实能下地劳作；猛地来了一位公主，反而不知从何下手，如"焦大不爱林妹妹"。于是派克钢笔被冷落了。

派克钢笔想过一把平民的瘾，在销量上创造奇迹，结果差点送命。如果想过把瘾就死，倒也罢了，问题是它并不想死。那么就是找死？电影《百万英镑》让一个流浪汉委实富裕了一回，好日子过得真是乐死人。而派克让自己穷了一回，结果年报表上一片赤字，差点破产。它还算聪明，危机刚一露头，就惊叫一声，从平民窝里裸奔而出，一溜烟钻进富人的怀里，千认错万数落，把自己骂得里外不是人，最后获得了贵族的一致谅解，同意派克归队。

派克的失败并无险恶用心，只是在油水里泡腻了，想吃点粗茶淡饭而已，像一个离家出走的小少爷，一番颠沛流离之后，空着肚子脏着脸，脑袋勾成 90 度，灰溜溜地摸进家门来。

智慧感悟

正确的定位是获得成功的基本前提。面对新的领域，我们要进行充分的审思，切不可贸然介入。毕竟，"旧时王谢堂前燕，飞入寻常百姓家"的举动，是需要更为充足的条件与铺垫的。

永不停止工作的鬼

一个过路的人大起胆子去问一个卖鬼的外乡人："你的鬼，一只卖多少钱？"

外乡人说："一只要二百两黄金！"

"你这是搞什么鬼？要这么贵！"

外乡人说："我这鬼很稀有的。它是只巧鬼，任何事情只要主人吩咐，全都会做。又是只工作鬼，很会工作，一天的工作量抵得一百人。你买回去只要很短的时间，不但可以赚回二百两黄金，还可以成为富翁呀！"

过路的人感到疑惑："这只鬼既然那么好，为什么你不自己使用呢？"

外乡人说："不瞒您说，这鬼万般皆好，唯一的缺点是，只要一开始工作，就永远不会停止。因为鬼不像人，是不需要睡觉休息的。所以您要24小时，从早到晚把所有的事吩咐好，不可以让它有空闲，只要一有空闲，它就会完全按照自己的意思工作。我自己家里的活儿有限，不敢使用这只鬼，才想把它卖给更需要的人！"

过路人心想，自己的田地广大，家里有忙不完的事，就说："这哪里是缺点，实在是最大的优点呀！"

于是花二百两黄金把鬼买回家，成了鬼的主人。

主人叫鬼种田，没想到一大片地，两天就种完了。

主人叫鬼盖房子，没想到三天房子就盖好了。

主人叫鬼做木工装潢，没想到半天房子就装潢好了。

整地、搬运、挑担、舂磨、炊煮、纺织，不论做什么，鬼都会做，而且很快就做好了。

短短一年，鬼的主人就成了大富翁。

但是，主人和鬼变得一样忙碌，鬼是做个不停，主人是想个不停。

他劳心费神地苦思下一个指令，每当他想到一个困难的工作，例如在一个核桃核里刻十艘小舟，或在象牙球里刻九个象牙球，他都会欢喜不已，以为鬼要很久才会做好。

没想到，不论多么困难的事，鬼总是很快就做好了。

有一天，主人实在撑不住累倒了，忘记吩咐鬼要做什么事。

鬼把主人的房子拆了，将地整平，把牛羊牲畜都杀了，一只一只地种在田里；将财宝衣服全部舂碎，磨成粉末；再把主人的孩子杀了，丢到锅里炊煮……

★智慧感悟★

故事告诉我们，在投资时应全面地分析事物的利弊所在，切不可只看到好的一面便贸然做出决定，考虑不周全的结果往往会付出巨大的代价，让所有的努力前功尽弃，毁于一旦。

田子春巧计报恩

西汉初年，齐国有位文士，名叫田子春。他熟读诸子百家，胸怀韬略，但不被朝廷所用。田子春四处游学，耗尽了家资，只好投奔长安的营陵侯刘泽。

刘泽是汉高祖刘邦的远房兄弟，因为跟随刘邦讨伐叛臣陈希有功，被封为营陵侯。刘泽乐善好施，慷慨地资助田子春二百斤黄金。

田子春得到刘泽的救援，心中非常感激，总想找机会报答。两年之后，吕后执掌朝政。田子春对朝廷的动向了如指掌，预知吕氏家族将要封王封侯，争夺刘氏天下。于是他从齐国奔赴长安，直接求见吕后的近臣张子卿。张子卿是朝廷的重臣，担任大谒者的官职，极受吕后的器重。田子春将张子卿请到住处，用接待侯王的礼节招待他。酒过三巡，田子春屏退左右，推心置腹地对张子卿说：

"我观察了诸侯王邸一百余处，他们全是高帝的家庭、功臣，而无吕后的亲族……吕后是协助高帝征服天下的有功之人，功劳超过任何人。眼下吕后年事已高，可是吕氏势力太弱，这是她最放心不下的心事。吕后本想立侄儿吕产为吕王，但担心大臣不服，顾虑重重。现在你身为吕后近臣，备受器重，朝廷上下又都尊敬你，何不先说服大臣，满足吕后的心愿？这样吕后必然心中欢喜。吕氏为王，你何愁当不上万户侯？否则，吕后心中欲望得不到实现，你作为近臣的不是要大祸临头吗？"

张子卿心悦诚服：

"哎呀，亏你想得周全，不然我真会遭灾祸呀！"

张子卿按田子春的计谋办了。吕后欢喜万分，立吕产为吕王，赏赐张子卿金千斤。张子卿分一半金酬谢田子春。田子春谢绝道：

"金我不能收，还有一事愿陈言吕后：吕产为王，诸位大臣未必心服。现在营陵侯刘泽威胁最大，你可建议吕后封刘泽为王，封给他10

个县。他得到封王必然高高兴兴地离开长安，这样吕王他们的地位就牢固了！"

张子卿将田子春这番话转告吕后，吕后果然应允，封刘泽为琅琊王。

田子春这时才来找刘泽，劝他道：

"立即离开长安，赶到你的封国去，若耽误了吕后会改变主意诛杀你……"

刘泽刚刚出城，吕后果然派兵追赶。但刘泽早已远离长安了。

吕后死了以后，刘泽与陈平等将相诛灭吕氏，共同迎立刘恒为孝文帝。刘泽又被孝文帝封为燕王。

★★★★★★★★★★
智慧感悟
★★★★★★★★★★

田子春用"连环计"报恩的策略给我们带来了许多启示。运用到投资领域中，我们知道，对各个环节关系的熟悉掌握，是能够在错综复杂的投资环境中"庖丁解牛"做到游刃有余的基本方略。

给自己一点压力

在北方某大城市里，诸多电器经销商经过明争暗斗的激烈市场较量，在彼此付出了很大的代价后，有赵、王两大商家脱颖而出，他们又成为最强硬的竞争对手。

这一年，赵为了增强市场竞争力，采取了极度扩张的经营策略，大量地收购、兼并各类小企业，并在各市县发展连锁店，但由于实际操作中有所失误，造成信贷资金比例过大，经营包袱过重，其市场销售业绩反倒直线下降。

这时，许多业内外人士纷纷提醒王——这是主动出击、一举彻底击败对手赵，进而独占该市电器市场的最好商机。

王却微微一笑，始终不曾采纳众人提出的建议。

在赵最危难的时机，王却出人意料地主动伸出援手，拆借资金帮助赵涉险过关。最终，让赵的经营状况日趋好转，并一直给王的经营施加着压力，迫使王时刻面对着这一强有力的竞争对手。

有很多人曾嘲笑王的心慈手软，说他是养虎为患。可王却没有丝毫后悔之意，只是殚精竭虑，四处招纳人才，并以多种方式调动手下的人拼搏进取，一刻也不敢懈怠。

就这样，王和赵在激烈的市场竞争中，既是朋友又是对手，彼此绞尽脑汁地较量，双方各有损失，但各自的收获都很大。多年后，王和赵都成了当地赫赫有名的商业巨子。

面对事业如日中天的王，当记者提及他当年的"非常之举"时，王一脸的平淡：击倒一个对手有时候很简单，但没有对手的竞争又是乏味的。企业能够发展壮大，应该感谢对手时时施加的压力。正是这些压力，化为想方设法战胜困难的动力，进而在残酷的市场竞争中，始终保持着一种危机感。

对于商界的这一法则，动物界也给我们提供了例证。一位动物学家在考察生活于非洲奥兰治河两岸的动物时，注意到河东岸和河西岸的羚羊大不一样，前者繁殖能力比后者更强，而且奔跑的速度每分钟要快 13 米。

他感到十分奇怪，既然环境和食物都相同，何以差别如此之大？为了能解开其中之谜，动物学家和当地动物保护协会进行了一项实验：在两岸分别捉 10 只羚羊送到对岸生活。结果送到西岸的羚羊发展到 14 只，而送到东岸的羚羊只剩下了 3 只，另外 7 只被狼吃掉了。

谜底终于被揭开，原来东岸的羚羊之所以身体强健，只因为它们附近居住着一个狼群，这使羚羊天天处在一个"竞争氛围"中。为了生存下去，它们变得越来越有"战斗力"。而西岸的羚羊长得弱不禁风，恰恰就是缺少天敌，没有生存压力。

★ 智慧感悟 ★

上述现象对我们不无启迪：找一个竞争对手，给自己一点危机感和压力，是我们永葆创富动力和活力的策略之一。

吃掉吃市场的人

日本松下公司准备从新招的 3 名员工中选出一位做市场策划，于是，对他们例行上岗前的"魔鬼训练"予以考核。

公司将他们从东京送往广岛，让他们在那里生活一天，按最低标准给他们每人一天的生活费用 2000 日元（合人民币 130 元左右），最后看他们谁剩回的钱多。剩是不可能的，这点谁都明白，想要"剩"回的钱多，就必须利用自己的智慧让 2000 日元的生活费在短短的一天里生出更多的钱来。

做生意是不可能的，一罐乌龙茶的价格就是 300 日元，一听可乐的价格是 200 日元，住一夜最便宜的旅馆就需要 2000 日元……也就是说，他们手里的钱仅仅够在旅馆里消费一夜，要不然就别睡觉，要不然就别吃饭，除非他们在天黑之前让这些钱生出更多的利润。而且他们必须单独生存，不能联手合作，更不能给人打工。

第一个先生非常聪明，他用 500 日元买了一个黑墨镜，用剩下的钱买了一把二手吉他，来到广岛最繁华的地段——新干线售票大厅外的广场上，演起了"瞎子卖艺"，半天下来，他的大琴盒里已经是装满钞票了。

第二个先生也非常聪明，他用 500 日元做了一个大箱子，上写"将核武器赶出地球——纪念广岛灾难 40 周年暨为加快广岛建设大募捐"，也放在这最繁华的广场上，然后用剩下的钱雇了两个中学生做现场宣传讲演，还不到中午，他的大募捐箱就满了。

第三个先生真是个没头脑的家伙，或许他太累了，他做的第一件事就是在中午找个小餐馆，一杯清酒、一份生鱼、一碗米饭，好好地吃了一顿。一下子就消费了 1500 日元。然后钻进一辆被当作垃圾抛掉的旧丰田汽车里美美地睡了一觉……

广岛人真不错，两个先生的"生意"异常红火，一天下来，他们都窃喜自己的聪明和不菲收入。谁知，傍晚时分，厄运降临到他们头上。一位佩戴胸卡和袖标，腰挎手枪的城市稽查人员出现在广场上，他扔掉了"瞎子"的墨镜，摔碎了"瞎子"的吉他，撕破了"募捐人"的箱子并赶走了他雇的学生，没收了他们的财产，收缴了他们的身份证，还扬言要以欺诈罪起诉他们——然后扬长而去。

这下完了，别说赚钱了，连老本都亏进去了。他们都气愤地骂那个稽查人员："太黑了，简直是个魔鬼！"

当他们想方设法借了点路费，狼狈不堪地在比规定时间晚一天返回松下公司时——天哪，那个"稽查人员"正在公司恭候。"稽查人员"掏出两个身份证递给他们，深鞠一躬："不好意思，请多关照！"

是的，他就是那个在饭馆里吃饭，在汽车里睡觉的第三个先生。他的投资是用150日元做了一个袖标、一枚胸卡，花350日元从一个拾垃圾老人那儿买了一把旧玩具手枪和一脸化装用的络腮胡子，当然，还有就是花1500日元吃了顿饭。

这时，松下公司国际市场营销部总课长宫地孝满走出来，一本正经地对站在那里怔怔发呆的"瞎子"和"募捐人"说："企业要生存发展，要获得丰厚利润，不仅仅要会吃市场，最重要的是懂得怎样吃掉吃市场的人。"

★智慧感悟★

不是吗？真正聪明的投资者便是那些用最巧的方法赢得最大利益的人。他们深谙竞争的法则，懂得将市场和竞争对手一样"歼灭"，这就是人们惯常所说的"赢家通吃"规则。

垄断有时也断了财路

有一家公司，拥有半个街巷的门面房。这个街巷附近是个很大的居民区。公司由于十几年来业务不景气只好撤了门店，空房对外招租。有一对夫妇，率先在这里租房，办起了一个风味小吃店，生意竟格外的好。于是卖麻辣烫的、卖豆汁的、卖涮羊肉的、卖陕西羊肉泡馍的……全聚到了这条街上来。这条街上人声鼎沸，很快成了远近有名的小吃一条街。

见租房的人生意这么火，对外租房的公司再也坐不住了。公司收回了对外招租的全部门面，撵走了所有在这里经营各种风味小吃的人，摇身一变，自己经营起小吃生意来。但没料到仅仅一个多月，这条街巷又冷清起来，公司的效益也出奇的差。

公司经理百思不得其解，去询问一个德高望重的市场研究专家。专家听了，微笑着问他："如果你要吃饭，是到一条只有一家餐馆的街上去，还是要到一条有几十家餐馆的街上去？"

经理说："当然是哪里餐馆多，选择余地大，我就会到哪里去。"专家听了，微微一笑说："那么你的公司垄断了那条街巷的小吃生意，这同一条街上只有一家餐馆有什么不同呢？"

经理幡然醒悟，回去后，迅速缩减了自己公司的生意门店，又将门面房对外招租，这条街巷的生意顿时又恢复了往昔的红火。

★智慧感悟★

俗话说："万紫千红方是春。"有些时候，在某些行业里搞"一言堂"，很有可能会出现"万马齐喑"的局面。每一个成熟的商人都明白一个道理：只有养成大的气候，依靠大的市场，才能最大化自己的财富。

沃尔顿的生意经

沃尔顿先生曾经慷慨捐出数亿美元给美国5所大学。不过，人们在沃尔－玛特网页上根本找不到沃尔顿的照片，外界只知道他现居于阿肯色州故居附近，过着有节制的而绝非穷奢极欲的生活。他对沃尔－玛特的全体员工都有着极其严格的要求。

太阳下山规则

一个礼拜天的早上，阿肯色州一家沃尔－玛特连锁店的药剂师吉夫在家接到商店同事打来的电话，说他的一名客户（糖尿病患者）不小心把她购买的胰岛素扔进垃圾处理箱了。糖尿病人如果缺少了胰岛素，将是非常危险的。吉夫立即赶回商店，打开药房，填写了那名客户的处方，将药给病人送去。

这只是沃尔－玛特店员所严格遵守的太阳下山规则的其中一条。

太阳下山规则是沃尔－玛特的创办人萨姆从"今天干的事为何拖到明天"这句美国谚语中概括出来的，今天它仍是沃尔－玛特企业文化的重要组成部分，也是顾客一提沃尔玛店员，无不伸大拇指的原因。

三米态度原则

他服务客户的秘诀之一是该公司的三米态度原则，沃尔顿经常对店员说："我希望你向我保证，无论什么时候，当客户与你的距离在3米之内时，你就会注视着他的眼睛，问他是否需要你的帮助。"这就是现在店员们都牢记在心的三米态度原则。

事实上，沃尔顿的父亲萨姆从年轻时就这样做了。他很有志向，又具有竞争精神。在密苏里大学上学时，萨姆决定竞选大学学生会主席。用他的话说就是："我很早就学到了成为校园领袖的秘诀，那就是主动上前与人行道上的人说话。我总是注视着向我走来的人，并主动和他说话。如果我认识他，我就会叫着他的名字，即使我不认识他，我仍会和他说话。所以，我在大学里认识的学生比任何人都多。他们也认识我，并把我看成是他们的朋友。大学毕业参加工作，我一直用这种方法竞争领导职位。"

不仅如此，他还把这一处世哲学思想带到了百货业，沃尔顿在沃尔－玛特连锁店里继续贯彻这一商业理念。

天天低价

二战时萨姆当过兵，退役后他意识到自己想进入零售业。于是他开了一家小商店，学会了采购、定价、销售。这个时候他结识了来自纽约的一名生产代理亨利·维尼尔，从那人那里学到了定价第一课。

萨姆事后介绍说："亨利卖女裤，一条只卖2美元。我们一直从同一地点购买同样的裤子，但一条卖2.5美元。我们发现，如果按亨利的卖价，裤子的销量会猛增。于是我学到了一个看似非常简单的道理：如果我用单价80美分买进东西，以1美元的价格出售，其销量竟然是以1.2美元出售的3倍！单从一件商品上看，我少赚了一半的钱，但我卖出了3倍的商品，利润实际上大多了。"直到今天，他儿子对这一价格哲学也没有改变。

★★★★★★★★★★
智慧感悟

文化，是植根于企业内部的最根本的原动力，也是一个企业长久制胜的有力武器，是此企业区别于彼企业的重要标志。

不赌为赢

靠10元港币起家，如今已是亿万富豪的澳门"赌王"何鸿燊，在总结他毕生奋斗的人生经验时，出人意料地说："不赌为赢。"

奇怪，赌王不赌，何以成为赢家？

综观其历史，才渐渐悟出其中的深刻道理。

想当初，赌王从香港抵达澳门时，身上仅有10元港币。但他并不是用这10元钱去赌彩撞大运，而是找了一家贸易公司落下脚跟。由于他吃苦耐劳，又善于动脑筋，很快就拉住了一批客户。股东看到他是个可用之才，便邀他入股成为合伙人。他慧眼识商机，用澳门的一些剩余物资如小汽船、发电机等运往内地，换取粮食运回港澳。当时正值兵荒马乱，港澳粮食奇缺，这一来一往，便获厚利。这种独具慧眼的易货贸易，为他以后发展打下了良好的基础。

赌王的真正机会，在20世纪60年代初，当时承包澳门赌业的一家公司合约期满，有关方面登报公开招商。又是这双慧眼看到了这个千载难逢的发展契机，于是他竭尽全力参与竞标，最后功夫不负有心人，终于以高于对手仅8万元的微弱优势和最小代价获澳门赌业专营权。

拿到了赌业专营权，他并未就此高枕无忧地坐收渔利，而是把赌业作为一项产业来经营。他为了广招客源，投资建立来往港澳的现代化船队，同时又投资兴建直升机机场和澳门机场，吸引世界各地的游客。他提出把旅游与赌业相结合，以赌业为龙头，带动全澳门的交通、酒店、饮食和旅游全面发展。他一改过去赌场中江湖人士把持的局面，在赌场各级管理人员中，重用懂现代企业管理的知识分子，使赌业由传统的带江湖色彩的行业逐渐向现代化的企业经营管理方式迈进……

不赌为赢，正是他不靠侥幸中彩而靠实干与抓住机遇起家，正是他不靠吃赌混日子而把赌业作为一项产业来发展，正是他不靠江湖义气维系赌业而引入现代管理，从而让赌业发展跟上时代的步伐。这一切，都是他"不赌"的前提。

诚然，赌王是以赌业成名的，他的成功，离不开赌业。但他成功的历程，是博弈（棋战），不是博彩（赌博）。博弈，凭的是心智与实力；博彩，则靠的是瞎撞与碰运，撞不上则心灰意冷，碰上了则乐迷心窍。博弈，是全局在胸的行棋，环环相扣与步步紧逼，最终达到决胜的顶点；而博彩，则是系命运于股掌之中的押宝，成败于混沌懵懂之间。

智慧感悟

博弈人生，是智者的人生；而博彩人生，则是赌徒的人生。同为一个"博"字，细细选择，则差在千里之外、天壤之间。

把生意做成文化

1938 年 4 月 1 日，雀巢公司把雀巢咖啡——世界上第一种只需要用水冲调又能保持原汁原味的 100% 速溶咖啡产品，正式推向市场。

在雀巢咖啡推出之前，为享受到一杯口味纯正的咖啡，人们同时就得忍受不是费力就是费钱的痛苦。

比如，如果想在家饮用咖啡，你就得先从市场上买回咖啡豆，接着把它烘焙干（当然，也可以买烘焙好的咖啡豆，但得多花钱），再把烘焙过的咖啡豆研磨成粉，然后用火细煮，煮好后又得等液体中的浮渣沉到底部，然后把上面的清纯部分倒入咖啡壶中（须得小心翼翼，因为沉渣很容易泛起），最后，把咖啡从壶里倒入咖啡杯中，再根据爱好选择加糖或其他东西。这样做肯定省钱，但别提有多烦人！

而要想不烦人，你也可以到咖啡馆来上一杯。但咖啡馆的制作方式与上相同，十分繁琐，所以价格就高，一般老百姓难以长期承受。

当然，受不同文化背景、口味偏好的影响，世界各地在具体制作与饮用咖啡的过程中，也出现了很多的细微差异。

不管怎么说，价廉味正的速溶咖啡的推出，省却了人们的烦恼，理应很受欢迎。但是，出乎雀巢公司意料，雀巢咖啡在市场上大力推出 5 年之久，仍然没有多少人愿意买。

雀巢公司在长期的调查研究之后才发现，他们之所以失败，是因为受到了传统咖啡文化的抵制。

所谓传统咖啡文化，就是制作饮用咖啡中的那些细微差异，被人们喜爱，被人们鼓吹，最后发展为传统文化的一部分。当然，差异赖以产生的基础，即繁琐的咖啡传统制作方式，也成为他们的咖啡文化中不可分割的部分。

和文化碰面，产品肯定吃败仗。雀巢公司算是知道了真正的对手。

而在速溶咖啡早期失败的同时，雀巢公司更是雪上加霜——二战爆发，使雀巢当时的主要生产基地——欧洲生产基地，遭受毁灭性打击。1939 年雀巢的利润立即从 1938 年的 2000 万美元猛跌至 600 万美元。

但雀巢公司必须生存下去。他们决定做一个重大转变：既然产品打不赢文化，文化才有可能打赢文化，那么，就把速溶咖啡做成一种文化，一种更厉害的文化。

怎么做？雀巢公司逐渐把眼光盯到对世界文化潮流影响越来越大的美国人身上。

几轮谈判后，雀巢公司说服加入战争的美国政府，同意将雀巢公司作为美军的配给物资供应商。于是，作为食品供应的一部分，雀巢速溶咖啡迅速出现于每个美国大兵的餐桌上。

战争可以破坏一切，当然也可以割断传统咖啡文化与美国大兵之间的纽带。战场上硝烟弥漫，烽火连天，绝对不是军队可以为士兵们磨咖啡豆、煮咖啡的好地方。所以，美国大兵不得不端起桌上的雀巢咖啡。

如此，雀巢咖啡饮用简便且保留原汁原味的优点终于有了用武之地。不久，雀巢咖啡不但获得美国大兵们的认同，而且成为他们的至爱。二战后期，随着美军的节节胜利和南北转战，雀巢速溶咖啡开始影响世界。

甚至，雀巢速溶咖啡成了盟军的心理战武器。英国空军常常在德军占领区投下一包包速溶咖啡"炸弹"，以加深连咖啡也喝不到的占领区百姓对纳粹的怨恨。

战后，已经被改变了咖啡饮用习惯与口味的大量美国退伍军人，把对雀巢咖啡的偏爱带回国内，雀巢速溶咖啡迅速成为美国人的饮料。

20 世纪 70 年代，美国实用主义对世界文化的影响达到高潮，饮用简便的雀巢速溶咖啡终于成为一种世界流行时尚，以至于在很多地方，雀巢甚至成为咖啡的代名词。而且，在许多原本没有饮用咖啡习惯的国家和地区，如日本、泰国等，也掀起了饮用雀巢咖啡的新文化风潮。

雀巢公司终于把生意做成文化，结果当然是大获其利。今天，雀巢速溶咖啡已行销 101 个国家，全世界每天要喝掉 3 亿多杯雀巢咖啡。

★☆★☆★☆★☆★☆★☆★
智慧感悟
★☆★☆★☆★☆★☆★☆★

　　"把生意做成文化"，这几乎是所有企业家的至高追求。当产品成为大众文化概念中不可分割的一部分时，企业已形成了"云蒸霞蔚""撒豆成兵"的大气候，而企业也势必"基业常青"。

一粒花生值一美元

　　二次大战后的英国，食用油严重匮乏，因此，英国人就难得有油煎鱼和炸土豆。那时，有一位政府官员坐飞机视察了当时英国的非洲殖民地坦噶尼喀，认为那是种花生最理想的地方。皇家当局听到他的建议，便兴冲冲地投资 6000 万美元，要在那片非洲的灌木丛中开垦出 1300 万公顷的土地种花生。

　　可是哪里知道，当地的灌木丛坚硬无比，大部分的开荒设备一碰就坏。花了很大功夫才开出了原计划 1/10 的土地。英国人除掉了一种野草，后来才知道是能保持土壤养分的，失掉它就破坏了生态平衡。花生种子若稍迟种下，光秃秃的新土就被风刮走，或被烈日灼烤而丧失养分。

　　原计划在这片新垦地上一年要生产 60 万吨花生，可是到头来总共只收了 9000 吨。人们见势不妙，遂改种大豆、烟叶、棉花、向日葵等，可是在那"驯化"的非洲土地上，这些作物竟无一扎得下根。英国于1964 年终止了此项计划，损失 8000 多万美元，或者说每粒花生米的成本达一美元。

智慧感悟

　　古人说："凡事预则立，不预则废。""预"便是调查研究，周全谋划。只有做到对投资环境中各种因素之间的关系都了然于胸，才能保证有所收成。一个盲目的投资举措，换来的将是亿万财富的损失。故事无疑已说明了这一点。

第七章

绝不放过任何一次机遇

在我们的一生中，机遇像流星一样极易逝去。它燃烧的时间虽然很短，却往往能带来巨大的能量。尤其是在追求财富的过程中，也许只有那么一次小小的机会，就能让我们大发其财，成为巨富。犹太人总是这样相互鼓励说："试着去做一件自己早就想做却始终没有勇气去做的事，你会拥有焕然一新的人生。"

做风的生意

1956 年，松下电器与日本生产电器精品的大孤制造厂合资，设立了大孤电器精品公司，制造电风扇。当时，松下幸之助委任松下电器公司的西田千秋为总经理，自己任顾问。

这家公司的前身，是专做电风扇的，后来开发了民用排风扇。但即使如此，产品还是显得很单一。西田千秋准备开发新的产品，试着探询松下的意见。松下对他说："只做风的生意就可以了。"

当时松下的想法，是想让松下电器的附属公司尽可能专业化，以图有所突破。可是松下电器的电风扇制造已经做得相当卓越，颇有余力开发新的领域。尽管如此，西田得到的仍是松下否定的回答。

然而，西田并未因松下这样的回答而灰心丧气。他的思维极其灵活与机敏，他紧盯住松下问道："只要是与风有关的，任何事情都可以做吗？"

松下并未细想此话的真正意思，但西田所问的与自己的指示很吻合，所以回答说："当然可以了。"

四五年之后，松下又到这家工厂视察，看到厂里正在生产暖风机，便问西田："这是电风扇吗？"

西田说："不是。但它和风有关。电风扇是冷风，这个是暖风，你说过要我们做风的生意，这难道不是吗？"

后来，西田千秋一手操办的松下精工的风家族，已经非常丰富了。除了电风扇、排风扇、暖风机、鼓风机之外，还有果园和茶圃的防霜用的换气扇、培养香菇用的调温换气扇、家禽养殖业的棚舍调温系统……

西田千秋只做风的生意，就为松下公司创造了一个又一个的辉煌。

智慧感悟

在投资领域中，如果只在一条路上走，很容易会觉得路已经走绝了。但实际上，路的旁边也是路，而且条条都是新的路，只要善于开拓，就能引领你走向成功。

兵贵神速

彭云鹏于 1977 年开始自己创业，几乎是白手起家，仅用了 10 多年时间，他创办的巴里多太平洋木业集团便成为印尼屈指可数的几家大集团之一。据《福布斯》杂志公布的资料，他的财富现已超过 45 亿美元。

彭云鹏的业绩实在令人瞩目，经济界人士认为其发展秘诀贵在神速。

彭云鹏之所以于 1977 年创立胶合板厂，是看准了当时世界市场胶合板紧俏。而印尼巴里多岛盛产木材，自己又有胶合板生产技术和销售关系，因此迅速把工厂扩大到 68 条生产线，使其胶合板产量不仅成为印尼第一，而且在世界上居首位。为了确保胶合板生产所需的木材，彭云鹏又以速战速决的战术，在印尼申请到 500 万公顷的森林特许伐木权，另外在巴布亚新几内亚拥有 10 万公顷的特许伐木区。

为了适应庞大的伐木业及夹板制造业的需要，彭云鹏果断地设立了 180 多家相关配套公司，包括运输公司、贸易公司、金融公司、酒店及房地产公司。为了充分发挥木材的作用，他又伺机成立了造纸厂，这一造纸厂是与印尼前总统苏哈托的儿子合作的，共投资 1.6 亿美元。由于有一种特殊的人际关系，该项目很快就建成了。

彭云鹏早就懂得"激水之疾，至于漂石者，势也"的哲理，他乘着自己业务迅速扩大之势，及时地向国外拓展。他通过在中国香港、新加坡、英属处女岛等地设立机构，开展胶合板、纸张的销售及进行各种投资、筹措资金等活动。1993 年，他与林绍良联手购入华裔富豪谢建隆的阿斯特拉国际的部分股权，他占股达 20%。他又与郭鹤年联手，投资 1 亿美元于新加坡的圣陶沙游乐场。

1993 年年底和 1994 年，彭云鹏将其属下的巴里多太平洋木业集团等上市，加上其所属的阿斯特拉集团控制的 3 家上市公司在内，彭云鹏在印尼本土所控制的上市公司总值超过 60 亿美元。

智慧感悟

俗话说："兵贵神速。"在当今这个节奏快得让人吐血的竞争时代，提高做事的速度和效率，无疑是独立潮头的一大法宝。

巨额悬赏金

一位富翁家的狗在散步时跑丢了，于是富翁就在当地报纸上发了一则启事：有狗丢失，归还者，付酬金一万元。并有小狗的一张彩照充满大半个栏目。

启事刊出后，送狗者络绎不绝，但都不是富翁家的。富翁的太太说，肯定是真正捡狗的人嫌给的钱少，那可是一只纯正的爱尔兰名犬。于是富翁就把电话打到报社，把酬金改为两万元。

一位沿街流浪的乞丐在报摊看到了这则启事，他立即跑回他住的窑洞，因为前天他在公园的躺椅上打盹时捡到了一只狗，现在这只狗就在他住的那个窑洞里拴着。果然是富翁家的狗。乞丐第二天一大早就抱着狗出了门，准备去领两万元酬金。当他经过一个小报摊的时候，无意中又看到了那则启事，不过赏金已变成三万元。

乞丐又折回他的窑洞，把狗重新拴在那儿。第四天，悬赏额果然又涨了。

在接下来的几天时间里，乞丐天天浏览当地报纸的广告栏。当酬金涨到使全城的市民都感到惊讶时，乞丐返回他的窑洞。可是那只狗已经死了，因为这只狗在富翁家吃的都是鲜牛奶和烧牛肉，对这位乞丐从垃圾筒里捡来的东西根本受不了。

★智慧感悟★

在商海中不论要干什么，都要把握住适当的分寸和尺度，所谓"该出手时就出手"。一旦错过了最好的时机，你可能一无所得。

"北欧风情"进军中国

1993年夏天，25岁的丹麦青年李曦来到上海淘金。这位复旦大学的留学生折腾了大半年后仍一无所获，走投无路之际，老同学提醒他："你不是擅长吹萨克斯吗？干吗不先用它糊口呢？"当天下午，李曦就在上海卡门夜总会找到了工作，每晚演出收入300元。

温饱无忧之后，他开始反思自己商场折戟的原因，觉得就像眼前只能靠吹萨克斯吃饭一样，应当从自己熟悉的行业入手。他想起刚毕业时曾到非洲采访过一个很有名气的木材商，对方曾拍胸脯说非洲的木材不比北欧的差，但非洲的木材价格就是卖不上去。他迅速查到那个木材商的地址，向对方发出传真，对方很快有了反馈。然后，他又打电话给上海几乎所有的木材厂，终于落实了一笔200万美元的合同。一个月后，生意成功，他赚了个钵满盆满。

此后，李曦又将目光瞄向了家乡丹麦的著名产品。他发现，随着上海的进一步开放，越来越多的外国人入住上海，同时许多家庭搬迁新居，如果把高品质的丹麦家具打入中国百姓的家庭，定能填补市场的空白。不久，一组名为"北欧风情"的系列家具迅速占领了上海乃至北京、深圳、大连等地市场。至2000年年底，李曦已经创出9亿元的资产。

智慧感悟

因为"无"，才会被"有"所吸引；因为存在"缺少"的，才有了充实的空间。陌生往往就伴随着神奇、商机和灵感。只要善于转换和把握，就能产生实实在在的收益。

10 元钱闯天下

华隆集团的创办人卢俊雄，虽出生于工程师家庭，但 10 岁时便开始瞒着家人，带着 10 元钱独闯武汉去寻求机遇，发掘财缘。正因为他的这种积极，最终改写了他的人生。

1980 年，有件事改变了卢俊雄的命运。一天，他到白云宾馆准备买些书拿到街上卖，结果是尚未行动就被派出所扣住了，直到晚上 8 点才放他回家。当晚，归家时，再没有办法撒谎"打同学"了，因为同学已被母亲问遍了。于是，他如实供认一切"不轨行为"。他开明的父亲听完，说："就算穷一点，也不能这么干。这样吧，我给你 3 本邮票，你去集邮吧。"

卢俊雄凭这些邮票，参加了 1980 年在广州文化公园举行的全国首届邮票展销会。可是他的兴趣放在了公园门口那三五一群换邮票的人堆里，他用卖报卖书的几十块钱，在市青少年宫、火车站、邮票公司等处，又炒起了邮票，迈出了创业的第一步。

读初二时，他成立了广州第一个自发性的中学生社团——"省实"集邮社。他帮爱集邮的学生代买各种邮票，一般都提取"劳务费"。

升高中考试考完后，毫无信心的他，早就订好了去武汉的火车票。准备一旦落选，就弃学从商、浪迹天涯，靠"炒"邮票为生。结果他考上了。

上高二时，他组织了"中学生集邮冬令营"。各个学校有不少人报名。然而开营举行邮展那天，人数不多。原来，报名者都忙于补习功课，有的班主任不让来。地方集邮协会负责人、校教务主任等特意赶来参加开营典礼，卢俊雄的眼睛湿了。

卢俊雄把他的心情写成一篇文章，寄给香港《邮票世界》杂志，竟获刊登。更奇妙的是，一些海外邮票商竟纷纷来函寄钱，托他购买邮票，因为"邮票无国籍"，200 枚以内夹在信封里邮寄无须纳税。因此，卢俊雄开始进入了"国际市场"。比如说，买到 100 元人民币的"错体票"（漏色、印倒、变体的邮票）寄出去可获 100 英镑的收益。

1986 年年底，卢俊雄念大学二年级的时候，做了另一次跋涉，给深圳大学一勤工俭学者从广州批发贺卡。他找到了广州最大规模且价格最低的批发商，他说："要去年的积压品。"这些不值钱的旧货，在一年之后都以高价卖出了。卢俊雄晕车，第一次从广州到深圳赶交货是夜间坐中巴，他吐了 20 多次。深圳人感动之余，给了他更大的订单。10 天不到他赚了 3000 多元。

卢俊雄通过《集邮杂志》和邮票公司搜集了全国 2000 多个集邮爱好者的姓名、地址，用卖贺卡赚的 3000 多元钱办了份双面 8 开铅印的《南华邮报》免费寄给这些人。卢俊雄找到了一位大的邮票供应商，生意越做越大。1987 年 1 月，卢俊雄就做了 3 万多元的生意。到 1989 年，《南华邮报》已发行 5 万份，即拥有 5 万个客户。1991 年二三月至七八月间，由于股市整顿，邮票市场非常兴旺，邮票大致上涨了 5 倍，卢俊雄大获其利。

卢俊雄搞了两年的邮票生意，觉得应往更高层次发展，他又开始寻求新的机遇了。他经过深思熟虑，认为房地产生意虽然利润高，但风险也大。更主要的是做这种生意需要大量的资金，而此时的卢俊雄还力不从心。他的过人之处就在于用少量的钱做房地产生意，即在市中心旧房子上打主意。作为刚刚兴起的房地产业，卢俊雄抓住了这个历史性的机遇。

1991 年，他开始做房产生意。先付几千元定金，然后再在香港报纸上登广告找买主，由买主出装修图，他代为装修并安装电话。每平方米 800 元的旧房他可以以每平方米 2000 元的价格卖出，在当时房产市场尚未启动的形势下，他却生意兴隆，财源广进。他再一次使用了靠别人的钱去赚钱的方法，取得了成功。

1992 年 12 月，位于中山七路的"城市百货中心"开业。在剪彩仪式上，卢俊雄带着记者参观了这个占地 1400 平方米，有中央空调、自动电梯的现代化大商场。他兴奋地透露：180 多个摊位在 23 天之内全部招租出去，一个摊位一次收 10 年租金 5 万元，华隆一下子就收到了近 1000 万元的资金。它的成功在于卢俊雄设计出独特的退款方式，别的商场是 10 年后一次退还，华隆却每年退一部分。

与此同时，卢俊雄在人口稠密的西华路兴建占地 1000 多平方米的时装购物广场，承租者自报需求面积，隔成高档玻璃房间，每平方米 50 年租金 7 万元，20 年内逐年退还，承租者还可以得到华隆公司赠送的 100 平方米位于新塘的土地。投资者觉得非常合算，纷至沓来。很快，卢俊雄又得到了几千万元押金。

智慧感悟

弱者等候机会，而强者寻求机遇。机遇无处不在，只有积极寻求的人，才能像卢俊雄一样用 10 元钱去结下上亿的财缘，谱写财富的新篇章。

被遗忘的女人

常常苦恼买不到衣服的胖女士南茜走出第六家服装店，真的有些绝望了，难道偌大一个新加坡就真的买不到一件适合自己穿的时装？

从生下第二个孩子开始，不到 3 年的时间，南茜的体重增加了 80 磅，到处也买不到像她这样身材的女人可以穿的漂亮时装——时髦的新款没有大号码，有大号码的款式既难看又过时。那些时装设计师和商人们，只注意到那些身材苗条的女人，真的有些忽略了为数众多的肥胖女人。无奈的南茜只好自己动手做起各式各样的时装来。好在对于曾经是服装设计专业高才生的她来说，这并不是一件很困难的事情。

有一天，买菜回家的路上，南茜遇到了两个和她差不多胖的女人。她们惊讶地问她的衣服是在哪儿买的。当得知是南茜自己做的时候，两个胖女人摇着头失望地走了。南茜回到家中，突然一个念头涌上来：能不能开一家服装店，专门出售自己设计的为胖女人制作的有型有款的时装？

第二天南茜就风风火火地干起来。新店开张后，生意出乎意料的火暴。原来，竟有那么多胖女人渴望着专为她们设计的服装。没有多久，南茜的时装公司就拥有了 16 家分店及无数个分销处。她每年定期去欧洲进布料，在美国各地飞来飞去巡视业务，豪宅、名车也随之而来。最让南茜高兴的是，她每天都可以穿一件自己设计的漂漂亮亮的时装去逛街。

南茜创办的那家时装公司的名字就叫：被遗忘的女人。

不久，美国内华达州举行"最佳中小企业经营者"选拔赛，南茜赢得了冠军。南茜夺冠的秘诀其实很简单，只不过把服装尺码改了一个名称而已。一般的服装店都是把服装分为大、中、小以及加大码 4 种，南茜的唯一不同做法就是用人名代替尺码。

玛丽代替小号，林思是中号，伊丽莎白是大号，格瑞斯特是加大号。她们都是女强人。

这样一来，顾客上门，店员就不会说"这件加大号正合你身"，取而代之的是"你穿格瑞斯特正合身呢"。

南茜说："我注意到，所有上店里来买大号和加大号的女性，脸上都呈现不很愉快的脸色。而改个名称情况就完全两样了，况且这些人都是名声很响的大人物。"

在挑选店员时，南茜也别具匠心，站在大号和特大号服装前的店员个个都是胖子，无形中又使顾客消除了不好意思的感觉，因而顾客盈门，利润滚滚。

★ 智慧感悟 ★

每一个市场里，都有一些被人忽视的消费群体。只要您善于开发出填补某个细分市场的产品，并加上一点"匠心独运"的智慧，您就能迅速壮大自己……

百万身价的人

两个青年一同开山，一个把石块砸成石子运到路边，卖给建房的人；一个直接把石块运到码头，卖给杭州的花鸟商人。因为这儿的石头总是奇形怪状，他认为卖重量不如卖造型。3年后，他成为村里第一个盖起瓦房的人。

后来，不许开山，只许种树，于是这儿就成了果园。等到秋天，漫山遍野的鸭梨招来八方商客，他们把堆积如山的鸭梨成筐成筐地运往北京和上海，然后再发往韩国和日本。因为这儿的梨汁浓肉脆，纯美无比。就在村里人为鸭梨带来的小康生活欢呼雀跃时，曾经卖石头的那个果农卖掉果树，开始种柳。因为他发现，来这儿的客商不愁买不到好梨，只愁买不到盛梨的筐。5年后，他成为第一个在城里买房的人。

再后来，一条铁路从这儿贯穿南北，这儿的人上车后，可以北到北京，南抵九龙。小村对外开放，果农也由单一的卖果开始谈论果品的加工及市场开发。就在一些人开始集资办厂的时候，这个村民在他的地头砌了一座三米高、百米长的墙。这座墙面向铁路，背依翠柳，两旁是一望无际的万亩梨树。坐火车经过这儿的人，在欣赏盛开的梨花时，会突然看到四个大字："可口可乐。"据说这是500里山川中唯一的一个广告。那墙的主人凭着这墙，第一个走出了小村，因为他每年有4万元的额外收入。

90年代末，日本丰田公司亚洲代表山田信一来华考察。当他坐火车路过这个小山村时，听到这个故事，他被主人公罕见的商业化头脑所震惊，当即决定下车寻找这个人。当山田信一找到这个人的时候，他正在自己的店门口跟对门的店主吵架，因为他的店里的一套西装标价800元时，同样的西装对门就标价750元；他标价750元时，对门就标价700元。一个月下来，他仅仅批发出8套西装，而对门却批发出

800套。山田信一看到这情形，以为被讲故事的人骗了。但当他弄清楚事情的真相后，立即决定以百万年薪聘请他，因为对门那个店，也是他的。

★智慧感悟★

一个财商很高的人，一定是一个善于发现商机的人；一个财商很高的人，一定是一个充满敏锐和智慧的人；一个财商很高的人，也必定是一个开拓型的人才。

金子与大蒜

传说有一位商人，带着两袋大蒜，骑着骆驼，一路跋涉到了遥远的阿拉伯。那里的人们从没有见过大蒜，更想不到世界上还有味道这么好的东西，因此，他们用当地最热情的方式款待了这位聪明的商人，临别赠予他两袋金子作为酬谢。

另有一位商人听说了这件事后，不禁为之动心。他想：大葱的味道不也很好吗？于是他带着葱来到了那个地方。那里的人们同样没有见过大葱，甚至觉得大葱的味道比大蒜的味道还要好！他们更加盛情地款待了商人，并且一致认为，用金子远不能表达他们对这位远道而来的客人的感激之情，经过再三商讨，他们决定赠予这位朋友两袋大蒜！

智慧感悟

投资时谁先抢一步占得先机，得到的便是金子；而步人后尘者，便似东施效颦，得到的可能就是大蒜！

小事情中的大机会

有个年轻人，失业很久了，他不想找工作，想自己出来做老板，又没有足够资本，甚至连下个月的房租都成问题了。

后来他注意到，他住的地方是一个有 3 栋楼的小区，这是一个本地人盖的，专门用来出租的，每个房间都装了台 200 卡式电话。

他做了大胆的设想：自己以前是做电话卡生意的，比较熟悉那些 200 卡的进货渠道和进货价格，200 卡进货价为 6 折，外面卖 8～9 折，若自己进一批卡过来，按照 7 折卖给那里的住户，一张面值 30 元的卡，进货价钱 18 元，卖出去 21 元，每张赚 3 元，他们那里一共有 150 户，按照每户每月用一张卡来计，如果自己可以完全占领这里的市场，则每月可以赚 450 块。如果利用以前在公司上班的同事及朋友，让他们支援，小批量进货，这样他不用很多钱就可以开始这项业务了。

于是，他开始行动，印刷一些宣传单。因这里的住户他大部分认识，有很多还很熟，他的价钱又比外面便宜，还可以送货上门，住户没理由不买他的卡。不久，他已经把他的 200 卡业务拓展到他住的整条街道，每天都会发些传单到那些地方，那里有很多类似的装有 200 卡的房屋。

又有一天，他去逛附近的超市，发现那里正在举行限时特卖活动，哈密瓜每斤 1 元，早熟梨每斤 0.99 元。他注意到菜市场的哈密瓜现在零售卖 2.5～3 元/斤，早熟梨卖 2～2.5 元/斤，他也看到他们小区的路口经常有人弄个板车在卖水果，就想，如果他能够把超市里的特价水果买回去在楼下路口按照 2 元和 1.8 元的零售价去卖（市价 2.5 元和 2.2 元），在价钱上马上可以打败其他的对手，而且还没有压货的风险，况且他还不用付运费。周边的 3 家大超市，几乎每天都会有特卖活动。小伙子收集好超市的这些促销信息，到时去大量买进就可以了（超市虽然限量每人不可超过 5 斤，但事实上你多买些也没事）。就这样，他每天最少有 10 元到 20 元钱进账，并成为那条巷子里所有小贩的水果供应商。

做这些的时候，小伙子根本不需要很多资金，却拥有了两个项目，他马上就成为创业者，是个自由的小老板了，而且风险不高，基本上算是白手起家，每个月最少有 1000 元的收入，不仅他的房租无忧，还少有赢利，他把这些钱存下来，就是他的资本的原始积累。坚持做了两个月后，小伙子每个月的收入还不错。

在人生的道路上，所有的人并不站在同一个场所。有的在山前，有的在海边，有的在平原边上，但只要你从脚下开始迈出第一步，处处留心，你总有一天会站得比别人直，像那个卖电话卡的小伙子一样，捡起你身边的鹅卵石吧，它们就是你最需要的珍宝。

★智慧感悟★

这个世界，到处都是机会，只要你善于发现，即使白手起家，你也照样可以创造辉煌。这个世界上没有做不到，就怕想不到，只要你敢想、善于想，就能看到别人看不到的成功机会。只要你善于发现，眼角镶上金子，看哪里都会是财富。

卖给赤脚人鞋子

A公司和B公司都是生产鞋的，为了寻找更多的市场，两个公司都往世界各地派了很多销售人员。这些销售人员不辞辛苦，千方百计地搜集人们对鞋的需求信息，不断地把这些信息反馈给公司。

有一天，A公司听说在赤道附近有一个岛，岛上住着许多居民。A公司想在那里开拓市场，于是派销售人员到岛上了解情况。很快，B公司也听说了这件事情，他们唯恐A公司独占市场，赶紧也把销售人员派到了那里。

两位销售人员几乎同时登上海岛，他们发现海岛相当封闭，岛上的人与大陆没有来往，他们祖祖辈辈靠以打鱼为生。他们还发现岛上的人衣着简朴，几乎全是赤脚，只有那些在礁石上采拾海蛎子的人为了避免礁石硌脚，才在脚上绑上海草。

两位销售人员一上海岛，立即引起了当地人的注意。他们注视着陌生的客人，议论纷纷。最让岛上人感到惊奇的就是客人脚上穿的鞋子。岛上人不知道鞋子为何物，便把它叫作脚套。他们从心里感到纳闷：把一个"脚套"套在脚上，不难受吗？

A看到这种状况，心里凉了半截。他想，这里的人没有穿鞋的习惯，怎么可能建立鞋市场？向不穿鞋的人销售鞋，不等于向盲人销售画册，向聋子销售收音机吗？他二话没说，立即乘船离开了海岛，返回了公司。他在写给公司的报告上说："那里没有人穿鞋，根本不可能建立起鞋市场。"

与A的态度相反，B看到这种状况心花怒放，他觉得这里是极好的市场，因为没有人穿鞋，所以鞋的销售潜力一定很大。他留在岛上，与岛上的人交朋友。

B在岛上住了很多天，他挨家挨户做宣传，告诉岛上人穿鞋的好处，并亲自示范，努力改变岛上人赤脚的习惯。同时，他还把带去的样品送给了部分居民。这些居民穿上鞋后感到松软舒适，走在路上他们再也不用担心扎脚了。这些首次穿上了鞋的人也向同伴们宣传穿鞋的好处。

这位有心的销售人员还了解到，岛上居民由于长年不穿鞋的缘故，与普通人的脚形有一些区别，他还了解了他们生产和生活的特点，然后向公司写了一份详细的报告。公司根据这份报告，制作了一大批适合岛上人穿的鞋，这些鞋很快便销售一空。不久，公司又制作了第二批、第三批……B公司终于在岛上建立了皮鞋市场，狠狠赚了一笔。

同样面对赤脚的岛民，A认为没有市场，B认为有大市场，两种不同的观点表明了两人在思维方式上的差异。简单地看问题，的确会得出第一种结论。但我们赞赏后一位销售人员，他有发展的眼光，他能从"不穿鞋"的现实中看到潜在市场，并懂得"不穿鞋"可以转化为"爱穿鞋"。为此他进行了努力，并获得了成功。

智慧感悟

面对同一种市场，不同的人会看到不同的前景，这需要敏锐的洞察力和独特的思维方式。

小石子铺就赚钱之路

日本有一家高脑力公司。公司上层发现员工一个个委靡不振，面带菜色。经咨询多方专家后，他们采纳了一个最简单而别致的治疗方法——在公司后院中用圆滑光润的小石子约 800 个铺成一条石子小道。每天上午和下午分别抽出 15 分钟时间，让员工脱掉鞋在石子小道上如做工间操般随意行走散步。起初，员工们觉得很好笑，更有许多人觉得在众人面前赤足很难为情，但时间一久，人们便发现了它的好处，原来这是极具医学原理的物理疗法，起到了一种按摩的作用。

好创意自身就是财富。一个年轻人看了这则故事，便开始着手他火红的生意。他请专业人士指点，选取了一种略带弹性的塑胶垫，将其截成长方形，然后带着它回到老家。老家的小河滩上全是光洁漂亮的小石子。在石料厂将这些拣选好的小石子一分为二，一粒粒稀疏有致地粘满胶垫，干透后，他先上去反复试验感觉，反复修改了好几次后，确定了样品，然后就在家乡因地制宜地开始批量生产。后来，他又把它们确定为好几个规格，产品一生产出来，他便尽快将产品鉴定书等手续一应办齐，然后在一周之内就把能代销的商店全部上了货。将产品送进商店只完成了销售工作的一半，另一半则是要把这些产品送进顾客眼里。随后的半个月内，他每天都派人去做免费推介员。商店的代销稳定后，他又开拓了一项上门服务：为大型公司在后院中铺设石子小道；为幼儿园、小学在操场边铺设石子乐园；为家庭装铺室内石子过道、石子浴室地板、石子健身阳台等。一块本不起眼的地方，一经装饰便成了一块小小的乐园。

紧接着，他将单一的石子变换为多种多样的材料，如七彩的塑料、珍贵的玉石，以满足不同人士的需要。

800 粒小石子就此铺就了一个人的一条赚钱之路。

★智慧感悟★

小处着眼，小处着手，你会发现商机无处不在。

机遇是财缘的指南针

抓住机遇，也是一种投机，但是这里所说的投机并不是所谓的巧取豪夺、尔虞我诈，而是说善于观察和利用时机来取得成功。看准了机遇，敢于冒险，凭着一种直觉和毅力，全身心地投入进去，在别人料想不到的地方获取巨额的财富。

王志远——一位70年代从大陆到香港谋生的打工仔，便是靠成功的投机发家的。

1976年春，王志远来到香港，在一家小工厂里做工。繁重的工作和微薄的薪金使这个志向高远的小伙子感到非常不满足。一天他看到了一则广告："如果阁下对目前的处境感到不满，希望有所改变的话，请到香港××中心二楼D一谈。"怀着一线希望，王志远来到了广告中所说的地点。

排在他前面的人很多，一个个信心百倍地走进那扇办公室的大门又一个个垂头丧气地出来。王志远心中捏了把冷汗，十分紧张，不知道自己是否能够被入选。

好不容易轮到王志远了，他在门外长长地舒了口气，定了定神，然后大方地走了进去。房间里面早已坐好了5个人，像一排法官，眼里透着严厉的光逼视着王志远。

问话开始。有人问道："王先生，你知道什么是期货吗？"

"期货"，一个完全陌生的名字，在王志远的头脑中完全没有这个词的印象，他只好老老实实地回答："不知道。"

"那什么叫作商品呢？"

"不知道。"

"那你一定没在金融业供过职吧。"

"没有，我只是一个大陆来的打工仔。"

5个主考官对视了一下，都纷纷摇了摇头。这时一位主考官又问了他一个问题："现在有两份工作，一份月薪3000元，每年加薪5%，但薪水是固定的；另一份工作月薪2000元，但有一份佣金是靠你自己去争取，也许是一笔数额巨大的金钱。如果让你选择，你是会选哪一份呢？"

王志远迟疑了一会儿，说道："我会选后面的一份。"

"为什么呢？"

"因为我看中了第二份工作中可以争取的机遇。"王志远平静地说道。

5个主考官脸上露出了欣喜的表情，在金融业便需要这种敢于抓住"机遇"的勇气。"王先生，你回去吧，我们研究后会告诉你结果的。"

结果是令人兴奋的，对期货一无所知的王志远就这样进了期货贸易这个陌生的天地，开始了他的奋斗。

期货市场是投机者的乐园，搞期货交易的人必须要深谋远虑，要在别人之前抢先抓住机遇，才能够赚大钱。王志远初入期货市场，对期货是一无所知，他只是全凭着对于投机的灵感，而做成了一笔又一笔的大生意。

有一次，一位布厂老板让王志远替他买下100张日本棉纱，他以为日本的棉纱行情不错，一定可以赚一大笔。谁知事与愿违，不久之后，日本市场疲软，这批期货一个多月都无法脱手，资金积压造成流通不畅。王志远和布厂老板都仿佛捧着一把热炭，急得像热锅上的蚂蚁。

正在此时，中国唐山发生了大地震。而唐山是红豆的主产区，这次地震一定会大大减少红豆的产量。王志远听到了这个消息，灵机一动，他感到机遇来了，于是马上去见了布厂老板对他讲了自己的想法。

第二天，王志远买下了100张日本红豆合约。别人觉得很奇怪，既然那100张棉纱都已经被套牢了，怎么还那么大胆去买进100张红豆合约呢？他们认为王志远初涉期货市场，对此一无所知。有些人好心地劝他，有些人则冷嘲热讽，但王志远并没有理会。

不久之后，红豆价格暴涨。王志远将手中的合约尽数抛出，所赚取的钱除了弥补了由于买入棉纱合约的损失，还另获了一大笔利润。布厂老板笑逐颜开，连声赞叹王志远的敏锐眼光。

王志远从这件事上了解到，要在期货市场有所成就，就必须要充分掌握信息，并且还要通识各种知识。之后，他勤奋自学，并且时时关注一切可能引起期货市场波动的信息。

有一次，王志远从电视上看到沙特阿拉伯提高石油价格的新闻，一下子从床上跳起来，衣服都没有穿就马上打电话下单买入香港"九九"金。

果然，一天不到，金价开始暴涨。一夜之间，王志远的每张合约就赚了 10 多万港元。

就这样，王志远以其特有的商业直觉和善于抓住机遇的能力，在期货市场中随意驰骋，取得了极大的成功。

★ 智慧感悟 ★

生活中许多人都付出了同样的努力，但是有人成功了，有人却失败了，原因何在呢？在商业活动中，时机的把握甚至完全可以决定你是否有所建树。抓住每一个致富的机遇，哪怕那种机遇只有万分之一实现的可能性，只要你抓住了它，就意味着你的事业已经成功了一半。

冒险与收获常结伴而行

有一个农夫站在空旷的庄园旁边，愁眉不展。

一个路人经过时问他："这么一大片土地都是您的吗？"

"是啊。"农夫无精打采地回答。

路人好奇地又问道："您在田里种了麦子吗？"

农夫回答："没有，我担心天不下雨。"

"那您种棉花了吗？"那人又问。

"没有，我担心虫子吃了棉花。"

"那您到底种了什么呢？"

农夫说："什么也没有种，我总是担心自己会受损失。"

一个不敢冒险的人，可能就会像这位农夫一样，到头来虽然一无所失，却也一无所得。他们在回避困难的同时，也失去了收获财富的机会。其实，风险的另一面往往就是机会，人生本来就是一场冒险，走得最远的是那些愿意去做、愿意去冒险的人。

作为世界著名的企业，微软向来青睐具有冒险精神的人。因为在比尔·盖茨的观念中：现实的拥有来自潜在的可能，只有勇于尝试，才可能把这些潜在的财富挖掘出来。所以微软宁愿冒失败的危险选用曾经失败过的人，也不愿意录用一个处处谨慎却毫无建树的人。在微软，大家的共识是：最好是去尝试机会，即使失败，也比不尝试任何机会好得多。

日本的大都不动产公司创始人渡边正雄也是一位敢于冒险，善于将潜在的可能变成现实的人。

渡边正雄曾是一个小商人，当他发现不动产行业的前途时，便果断地中止了自己当时经营的事业，到一家不动产公司寻找工作，以便积累经验。但是那家公司并不肯聘用他。于是，渡边提出免薪工作一年。

在这一年中，渡边充分了解了这个行业的内情，当这家公司准备聘用他时，他却离开了。筹集资金后，渡边开始涉足房地产。

当时正值战后，日本经济迅速复苏，随着人们收入的增长，城市污染也逐渐加剧。渡边看准商机，在市郊买下几百万平方米的山地。当时很多人都不看好，觉得渡边的决定非常愚蠢。随着渡边对这片土地的改造和周围交通设施的提高，越来越多的人开始关注这里，一些富人纷纷前来订购别墅和果园。一年之后，这块山地便卖掉了大半，渡边赚到 50 亿日元，他并没有把这笔钱存起来，而是继续投入到对这块地产的开发中，并在余下的土地上盖起了更为豪华舒适的别墅。3 年之后，这块山地变成了一座漂亮的别墅城市，而渡边所赚的钱也达到了数百亿日元之多。

在一次总结自己成功经验的演讲中，渡边说："我之所以能成功，就是因为我敢于冒险。我在选择一个投资项目时，如果别人都说可行，这就不是机会——别人都能看见的机会不是机会。我每次选择的都是别人说不行的项目，只有别人还没有发现而你却发现的机会才是黄金机会，尽管这样做冒险，但不冒险就没有赢，只要有 50% 的希望就值得冒险。"

敢于冒险，是挑战成功的第一步，敢冒风险的同时又拥有敏锐的商业意识和稳妥的行事作风，成功与财富便唾手可得。

智 慧 感 悟

现代社会是离不开冒险精神的。许多表面上看起来不可能做到的事情，只要你有胆量去做，并且付出自己的努力，它可能就会给你带来意想不到的成功。正如卓别林在他的自传中写道："要记住，历史上所有伟大的成就，都是由于战胜了看来是不可能的事情而取得的。"

废纸篓里的纸条

自新任老板长川上任以后，常磐百货公司营业额每年翻一番，其经营物品几乎包揽了全县所有人的日常生活用品和食品。

长川成功的秘诀是什么呢？

原来他刚刚到常磐百货上任时，公司只是一个很普通的生活用品商场，和他们公司同样大小的百货公司县城还有 5 家。怎样才能在竞争中尽快地出效益呢？

如今人们买东西常集中采购，为防止丢三落四，先写一个购物清单。有一次，长川看见一位女顾客买完一件东西要走时，把一个纸条扔到商场门口的纸篓里，他马上跑过去捡起来，发现上面写的顾客需要的另两种东西他们商场里也有，只是质量不如顾客点名要的品牌。他根据这一信息，更换了该商品的品牌，果然有很好的效果。于是长川经理开始每天把废纸篓里的纸条全部捡回去，仔细研究顾客的需要。很快地，他就知道了顾客对哪几类商品感兴趣，尤其青睐哪几种牌子，对某类商品的需要集中在什么季节，顾客在挑选商品时是如何进行合理搭配的，等等。在长川经理的带动下，常磐百货总是以最快的反应速度适应顾客，并且合理地引领顾客超前消费，一下子把顾客全部拉进了他们的店里。

★智慧感悟★

巨大的商机常常就潜藏在一个微不足道的细节当中。小到废纸篓里的一些废纸条，有时也会预示着消费的方向。善于发现细节，您就能掌握投资的方向。

第八章

诚信是"金字招牌"

一个人要想获得他人的认可，必须做到诚实守信。赚钱固然很重要，但是比金钱更重要的是一个人的品德。我们要想获得长远的发展，必须要依靠品德来取胜。

一枚戒指

山本武信是做化妆品批发生意的。他 10 岁时就来到大阪，在一位化妆品批发商那里做学徒。他后来的生意窍门均来自学徒时的经验。他眼光独到，又重义气、讲交情，是生意场中难得的人。

山本武信立志要做国际贸易，把生意做到海外去。第一次世界大战期间，他的出口生意很火暴，赚了不少钱。由此，他便去银行贷款，备足大量货品，以适应市场需求。然而事情并不像山本武信所预料的那样，"一战"结束后，出口停止，货品立刻滞销，他只好把大量的库存降价出售。然而贷款收不回来，开出去的支票很快也成了问题，虽然尽力挽救，却也回天无力了。就在这时，山本武信宣布破产，把自己的所有财物都交给银行处理，甚至连他太太的戒指和自己的金怀表也交了出去。

山本武信表现出了与一般人不同的人格，本来按惯例，这种情况下个人是可以保留一些生活日用品的，尤其是太太的饰物一类，是可以不动用的，但山本武信坚持要拿出全部的东西，哪怕是一丁点值钱的东西。

后来银行经理对他说："山本先生，这一次的损失固然是您的责任，但战后生意的不景气，也不是您所能决定的。您负责任的诚意，我们很了解，可是也不必做到这种程度。您店里的东西，当然您要全拿出来，像这些身边的物品，就不必拿出来了，尤其是您太太的戒指……还是请您拿回去吧。"

对于银行的好意，山本领情，但执意不肯拿回。后来，银行为他的诚信所感动，非但派人给他送去了太太的戒指，而且还给他带去了数额巨大的一笔款作为无私援助，这是他无论如何都没有想到的，也正是这笔钱使他最后渡过了难关，重新在生意场上站立起来。

后来，一个人听了他的故事对他钦佩不已。在他的影响下，这个人后来创立了享誉全球的大公司，这个人就是松下幸之助。

★智慧感悟★

　　品格是世界上最强大的动力之一。高尚的品格，是人性的最高形式的体现，同时也是最好的投资本钱，它能最大限度地展现出人的价值。

情报公司的清单

美国一家商业情报公司向葛雷森医药公司提供了一份清单，这份清单上列着去年在中国中央电视台赈灾募捐晚会上举牌子而未捐赠的企业名字，这些企业中有3家是葛雷森公司的代理商或合作者。这家情报公司建议葛雷森公司取消这些中国企业的代理权，有合作协议的应设法在一年内终止。

葛雷森公司总经理阿瑟·戈登对这家情报公司提供的建议持谨慎态度，他认为他的这一顾问公司小题大做了。然而考虑到这家情报公司在中国问题方面的权威性，他又不得不认真地思考。

就在他犹豫不决时，他收到了这家情报公司的一份圣诞礼物——去拉斯维加斯观看轻量级拳王争霸赛的机票和门票。在这个大西洋赌城的圣多加诺广场上，他与商业情报公司的总经理见面了。这位情报公司的总经理说："我们绝对没有决定葛雷森医药公司的目的，我们只是提出建议，采纳与否最后还是你们自己来定，然而我们要对每年收取的50万美元顾问费负责。"

他接着讲了这么一个故事：在圣多加诺广场，和平鸽起初是与人亲近的，只要你手捧面包屑站在广场上，这些鸽子就会飞过来，站在你的头上、肩膀上、手臂上，啄你手中的食物，有时你甚至一招手或做出手捧面包屑的样子，它们也会飞过来和你合影，供你抚摸。可是现在不行了，因为在这儿做样子的人太多了，有些赌徒和酒鬼手里没有面包屑，只是做出样子，鸽子一次次地飞来，一次次地被欺骗。结果，你手里即使捧着面包屑，它们也不会飞来了。情报公司总经理说道："中国政府虽然不会干预和制裁这些举牌许诺而不捐赠的企业，但是中国人会对这些企业失去信心。他们尤其是受灾的人们会远离这些企业。你知道中国受灾的居民有多少吗？3.5亿。"

阿瑟·戈登与情报公司总经理以后的活动网页上未做过多报道，

葛雷森公司与中国的 3 家企业在 1999 年是否终止了合作也不得而知。然而美国这家商业情报公司对失信的恐惧深深触动了网络上的众多客户，大家似乎都有一个共同的感觉：信息时代其实是一个传递信誉的时代。谁传递的如果仅仅是他自己的产品，那么他还没有真正走入这个时代，哪怕他在卫星上举起自己的牌子。

★智慧感悟★

一个聪明而有远见的投资公司，除了在意对方的一些硬性条件之外，更在意的是公众形象、信誉等软性环节。因为，一件平凡的事情当中，也映照着双方未来合作的轨迹。

最后的测试

　　一家新成立的三资企业要招聘一名女出纳员，工资待遇优厚得让人不敢相信。顿时，满城的女青年像疯了一样，每人交纳 100 元报名费，然后面试、笔试。折腾了半个月，只剩下不到 10 人，最佳人选将从这几个人中产生。

　　某单位的柳小辉过关斩将，成为其中的幸存者，她观察了一下自己的几名竞争对手，论年轻、论口才，尤其是相貌和风度……她至少有百分之七十的把握。柳小辉高兴得芳心骤跳，夜夜从梦中笑醒。谁知好事多磨，进入决赛后，用人单位反倒没了动静。柳小辉差不多天天去打听消息，唯恐别人钻了空子占了先，但消息绝对准确，招聘人选还没有定下来。她猜测，这肯定是个骗局，每人 100 元，加起来可是个不小的数目。柳小辉又恨又没办法，只好耐着性子在原单位上班。

　　这天，刚发了工资，柳小辉闲得无聊，便约了同科室的李静逛商场。待买了些东西返回时，发现办公室里的另一个同事王姐也走了。她的椅子上坐着一位陌生男子，见她们回来，连忙起身打招呼。

　　柳小辉很反感。一位男人待在女人的办公室里干什么呢？她冷冷地问："你找谁？"

　　"先不说找谁。请问二位是在这儿办公吗？"那男子问。见两位姑娘点头，男子又问："你们坐哪把椅子？"

　　"这跟你有什么关系吗？"柳小辉更反感了，"你找谁？"

　　男子取出压在茶杯下面的一张百元面值的大票，钱的一角沾了些碳素墨水。他微微一笑："我等失主呢。刚才在这两把椅子中间拾到这张钱，你们说我揣走还是归还？哪位的，应该谢谢我才是呢。"

　　李静扫了一眼："不是我的，再说，刚发完工资，我贴身装着，不可能蹿出来，肯定是小辉的。"

　　男子把百元大票放在柳小辉面前，说："那么就是这位小姐丢的啦。"

柳小辉心口噗噗直跳：这男人捡钱是咋回事，世上怎么会有如此傻的人，发了财还在这儿等人认领回去？她故作迟疑地说："是我丢的吗？"

"你不会数一数兜里的钱？"李静提醒她。

"我的钱没数。"柳小辉双手一摊。

百元大票归了柳小辉，为了表示礼貌和感谢，她微笑着给来客沏茶，并询问对方是来找谁的。

"我专门恭候您呀，柳小辉小姐。"男子也报以微笑，"我是您应聘那家企业的职员，奉命来对柳小姐进行最后一次测试。"

这真是意外的惊喜！柳小辉满面春风："要测试什么马上开始吧。我从来不像别人那样，还需要准备这准备那，这样突然的考试最合理，能看出真正的水平。"

"说得太对了。"男子说，"可我们的测试已经结束。我十分遗憾地通知小姐，您不够录用条件。"男子站起身来告辞。

柳小辉一下子明白过来，刚才那张百元大票是块试金石！她沮丧地掏出那张钱，还给男子："你们这种考试方法含有欺骗性和污辱性，我兜里的钱的确没有数。"

"不会的。"男子摇摇头，"您在以前的测试中表现突出，尤其是记忆力惊人。您不会不清楚自己兜里有多少钱，何况其误差达到百元之多，您更不可能忘记自己有没有过这样一张被严重污染过的钞票。按常理，刚才您去购物时，如果真有这张钱，您一定会先把它花出去。现在，这张钞票依然归还小姐您，就当我们退还您的报名费。假如这位小姐有兴趣的话，不妨去敝公司一试。"男子转身向李静说，"作为出纳员，首要的是面对金钱的态度，别的不论，最后这一测试，您却过了关。"

没想到那男子竟是那家三资企业的副总裁，更没想到的是李静后来居然通过了其他的考试。她成为三资企业的出纳员。有一天闲谈，李静很为柳小辉惋惜："她只差那么一丁点儿，如果她再冷静一点儿……"

"应当祝贺她，"副总裁说，"要是她果真当上出纳员，那才是柳小姐真正的悲哀。"

✦智慧感悟✦

对金钱的态度从某种程度上折射出一个人的财商品质。无法想象，仅为100块钱就违背了心中最根本的做人准则的人，别人又怎能将大笔的款项进行托付呢？换个角度说，如果因为金钱而丧失了为人的操守，财富又有何用呢？

向前线挺进

马登在 7 岁时就成了孤儿，这时他不得不自己去寻找住处和饮食。早年他读了苏格兰作家斯玛尔斯的《自助》一书。作家斯玛尔斯像马登一样，在孩提时代就成了孤儿，但是，他找到了成功的秘诀。《自助》一书中的思想种子在马登的心中形成了炽烈的愿望，发展成崇高的信念，使他的世界变成了一个值得生活得更美好的世界。

在 1893 年经济大恐慌之前的经济繁荣时期，马登开办了 4 家旅馆。他把这 4 家旅馆都委托给别人经营，而他自己则花许多时间用于写书。实际上，他要写一本能激励美国青年的书，正如同《自助》过去激励了他一样。正当他勤奋地写作时，令人啼笑皆非的命运捉弄了他，也考验了他的勇气。

马登把他的书叫作《向前线挺进》。他采用的座右铭是："要把每一时刻都当作重大的时刻，因为谁也说不准何时命运会检验你的品德，把你置于一个更重要的地方去！"

就在这个时候，命运开始检验他的品德，要把他安排到一个更重要的地方去了。

1893 年的经济大恐慌袭来了。马登的两家旅馆被大火烧得精光，即将完成的手稿也在这场大火中化为灰烬。他的有形财产都付诸东流了。

但是他审视周围，看看国家和他本人究竟发生了什么事。他的第一个结论是：经济恐慌是由恐惧引起的，诸如恐惧美元贬值、恐惧破产、恐惧股票的价格下跌、恐惧工业的不稳定等。

这些恐惧致使股票市场崩溃。567 家银行和贷款信托公司以及 156 家铁路公司，都破产了。失业影响了数以百万计的人们，而干旱和炎热，又使得农作物歉收。

马登看着周围物质上的和人们心灵上的废墟，觉得有必要来激励他的国家和人民。有人建议他自己管理其他两家旅馆，他否定了。占据他身心的是一种崇高的信念，马登把这种信念同积极的心态结合在一起，他又着手写一本书。他的新座右铭是一句自我激励的语句："每个时机都是重大的时机。"

他告诉朋友们说："如果有一个时候美国很需要积极心态的帮助，那就是现在。"

他在一个马厩里工作，只靠1.5美元来维持每周的生活。他夜以继日不停地工作，终于在1893年完成了初版的《向前线挺进》。

这本书立即受到了热烈的欢迎。它被公立学校作为教科书和补充读本；它在商店的职工中广泛传播；它被著名的教育家、政治家以及牧师、商人和销售经理推荐为激励人们采取积极心态的最有力的读物。它以25种不同的文字同时发行，销售量高达数百万册。同时，马登也成了一个百万富翁。

马登和我们一样，相信人的品质是取得成功和保持成果的基石，并认为达到了真正完满无缺的品质本身就是成功。他指出了成功的秘密，他追求金钱，但是他反对追逐金钱和过分贪婪。他指出有比谋生重要千倍的东西，那就是追求崇高的生活理想。

马登阐明了为什么有些人即使已成为百万富翁，但仍然是彻底的失败者。那些为了金钱而牺牲了家庭、荣誉、健康的人，一生都是失败者，不管他们可以聚敛多少钱财。

智慧感悟

马登的故事告诉我们，追求金钱、崇尚金钱，虽然是人心中最狂热的欲望，但同时，它也是一种优良的品质，一种崇高的信念，只要你不过分沉溺于其中，不贪财，不被其所左右，便会迎来你的成功。

执着的商业精神

某商人出生在一个嘈杂的贫民窟里，和所有出生在贫民窟的孩子一样，他爱好争斗、喝酒、吹牛和逃学。但后来他成为出入高级会所的千万富翁。

商人在儿童时代与其他贫民窟孩子唯一不同的是，他天生有一种赚钱的眼光。

他把一辆街上捡来的玩具车修整好，让同学们玩，然后每人收取半美分，他竟然在一个星期之内赚回了一辆新的玩具车。他的老师对他说："如果你出生在富人家庭，你会成为一个出色的商人，但这对你来说不可能，也许能成为街头的一位商贩已经不错了。"

他初中毕业后，真的成为一个商贩，正如他的老师所说，在他的同龄人当中，这已是相当体面了。

他卖过小五金、电池、柠檬水，每一样他都做得得心应手。让他发迹的是一堆服装。

这些服装来自日本，全是丝绸的，因为海轮运输当中遭遇风暴，结果有染料浸染了丝绸，数量足足有一吨之多。

这些被污染的丝绸成了日本人头疼的东西，他们想处理掉，却无人问津。想搬运到港口扔进垃圾箱又怕被环保部门处罚。于是，日本人打算在回程途中把丝绸抛到大海中。

商人在港口的一个地下酒吧喝酒，这是他夜晚的乐园，那天他喝醉了，步履蹒跚地走到一位日本海员旁边时，海员正在说那令人讨厌的丝绸。

第二天，他就来到了海轮上，用手指着停在港口的一辆卡车对船长说："我可以帮助你们把丝绸处理掉。"

他不花任何代价就拥有了这些被染料浸过的丝绸。他把这些丝绸制成了迷彩服一般的衣服、领带和帽子，几乎是在一夜之间，他靠这些丝绸拥有了 10 万美元的财富。

现在他已经不是商贩，而是一个商人了。

有一次他在郊外看上了一块地，他找到地的主人说他愿意花 10 万美元买下来。

主人拿了他的 10 万美元，心里嘲笑他真愚蠢，这样偏僻的地段，只有呆子才会这么干。

但令人意料不到的是，一年后，市政府对外宣布在郊外建造环城公路，他的地皮升值了 150 多倍。城里的一位富豪找到他，甚至愿意出 2000 万美元购买他的地，富豪想在这里建造一个别墅群。

商人没有出卖他的地，他笑着告诉富豪：“我还想等等，因为我觉得它应该值更多。”

3 年后，他的地皮值 2400 多万美元，他成为城里的一位新贵，可以像上层人一样出入高贵的场所了。

他的同道们想知道他是如何获得这些信息的，甚至怀疑他和市政府的高级官员有来往，但结果令他们很失望，商人没有一位在市政府任职的朋友。

商人的发迹传奇好像是一个谜。

商人活到了 77 岁，临死前，他让秘书在报纸上发布了一则消息，说他即将赴天堂，愿意给别人逝去的亲人带口信，每则收费 100 美元。如果他能在病床上多坚持几天，可能赚得还会更多些。他的遗嘱也十分特别，他让秘书再登一则广告，说他是一位有礼貌的绅士，愿意和一个有教养的女士同卧一块墓穴。结果，一位贵妇人愿意出资 5 万美元和他一起长眠。

有一位资深的经济记者报道了他生命最后时刻的经商经历，他在文中感叹道：“每年去世的人难以计数，但像他这样对商业执着的精神坚持到最后的人又有几个？现在我们终于明白了他为什么会成为千万富翁。”

智慧感悟

　　投资和理财其实是一种意识，若将这种意识时时贯穿于行动当中，它就能变成为生命的本能。财商教育的一个重要的目标，便是要养成和导引这种本能。

信用是受用一生的财富

有一年夏天，沃夫的父亲叫他去为自己的农场买些铁丝和修栅栏用的木材。当时沃夫 16 岁，特别喜欢驾驶自家那辆"追猎"牌小货车。但是这一次他的情绪可不是那么高，因为父亲要他去一家商店赊货。

16 岁是满怀傲气的年龄，一个年轻人想要得到的是尊重而不是怜悯。当时是 1976 年，美国人的生活中到处仍笼罩着种族主义的阴影。沃夫曾亲眼目睹过自己的朋友在向店老板赊账时屈辱地低头站着，而商店的老板则趾高气扬地盘问他是否有偿还能力。沃夫知道，像他这样的黑人青年一走进商店，售货员就会像看贼一样地盯着他。沃夫的父亲是个非常守本分的人，从来没有欠账不还的情况。但谁知道别人会不会相信他们？

沃夫来到里维斯百货商店，只见老板巴克·里维斯站在收款台后面，正在与一位中年人谈话。老板是位高个子男人，看上去饱经风霜。沃夫走向五金柜台时，慌张地对老板点了点头。沃夫花了很长时间选好了所需要的商品，然后有点胆怯地拿到出纳机前。他小心地对老板说："对不起，里维斯先生，这次我们得赊账。"

那个先前和里维斯谈话的中年人向沃夫投来轻蔑的一瞥，脸上露出了鄙视的神色。然而里维斯先生的表情没有任何变化，他很随和地说："行，没问题。你父亲是一位讲信用的人。"说着，他又转向中年人，手指着沃夫介绍道："这是詹姆斯·威廉斯的儿子。"这时的沃夫深刻体会到了信用的真正价值。

信用是一个人最重要的财富，是无法用金钱买到的。一个希望得到社会尊重和支持的人，是不愿意牺牲诚信原则的。

一个有钱有势的人不一定有信用，因为再雄厚的资本也不等于信用。与百万财富比起来，高尚的品格、精明的才干、吃苦耐劳的精神要高贵得多。

青少年朋友，在你平时的日常处事中，一定要注意你的一言一行，要对自己所做的点滴负责任，培养讲究诚信的习惯，不要让自己不当的言行亵渎了自己的名誉。唯有如此，你才能取信于人，才能赢得他人的敬重与支持。

智慧感悟

信用就是财富。信用的建立需要一个过程，并且是十分缓慢的，但当你要破坏它的时候，却是非常快的。因此，我们一定要珍惜自己的信用，要像爱护自己的眼睛一样去爱护它，因为当今社会信用所能创造的价值远远超过了其本身的价值。

第九章

永不放弃，直到成功

人们经常在做了 90% 的工作后，放弃了最后可以让他们成功的 10%，这不但输掉了开始时的投资，更丧失了经由最后的努力而发现宝藏的喜悦。在将欲望转变为财富的过程中，毅力是一个不可缺少的因素。这种坚强的毅力是百折不挠的。当意志和欲望结合的时候，它们就会形成一股不可抗拒的力量。

冒险之神保罗·格蒂

　　美国石油巨商、亿万富翁保罗·格蒂，一生充满神秘而传奇的冒险经验，称之为"冒险之神"一点也不为过。

　　格蒂是一个神秘的冒险家。1957年，当《财星》杂志把他列为全美第一号大富之后不久，他写过一篇直言无隐的自述，题目就叫《我如何赚进第一个10亿美元》。在这篇文章里，他以自己的亲身感受追述了他是如何在冒险中创立起自己的事业王国的。

　　有人说，格蒂有一位富有的父亲，他是用他父亲的遗产进行投资，才获得成功。其实，1930年他父亲去世时，虽然为他留下了50万美元的遗产，但在他父亲逝世之前，格蒂本人就已经赚取到几百万美元了。

　　格蒂1893年出生于美国的加利福尼亚州，父亲是一位商人。他小时候很调皮，被人称为是"顽皮的孩子"。他读书的成绩还算不错，后来进入英国的牛津大学就读。1914年毕业返回美国后，他最初的意愿是想进入美国外交界，但很快又改变了主意。

　　他为什么改变了主意呢？因为当时美国石油工业已进入方兴未艾的年代，一种兴致勃勃的创业精神鼓舞着年轻的格蒂到石油界去冒险。他想成为一个独立的石油经营者。于是，他向父亲提出，希望投资给他到外面去闯一闯。

　　但他父亲提出一个条件，投资后所得的利润，格蒂得30%，他本人得70%。作为父子之间，这个条件也许太苛刻了，但格蒂爽快地答应了，他有他自己的打算。他向父亲告借了一笔款项之后，便径自走出家门，独自来到俄克拉荷马州，第一次进行他的冒险事业。1916年春，格蒂领着一支钻探队，来到一个叫马斯科吉郡石壁村附近，以500美元的代价租借了一块地产，决定在这里试钻油井。工作开始后，他夜以继日地奋战在工地上。经过一个多月的艰苦奋战，终于打出了第一个油井，每天产油720桶。格蒂说："我最初的成功，多少是靠运气。"因为他打第一口井就打出油来了，而有许多的石油冒险家曾经倾家荡产都未得到一滴石油。不管怎么样，格蒂从此进入了石油界。就在这年 5 月，他和他父亲合伙成立了"格蒂石油公司"。不过，虽说是合伙，他仍得遵循他父亲原先提出的条件，只能收取这个公司 30% 的股益。即使如此，他的腰包里也依然财源滚滚。就在这一年，他赚取了第一个百万美元，而他当年仅有 23 岁。

创业之初，格蒂很有点不畏艰苦的精神。他穿着油腻的工作服，和钻井工人一起在油田里战斗。他说：这也是他成功的一条经验。他认为，一个公司的负责人能与工人们一起奋斗，结为伙伴，士气必然大涨，成功才会有望。有一次，他发觉自己实在承受不了那种过分的神经紧张，而逃回了简陋的住所，但他连口水都顾不上喝，就又跑回了工地。

1919 年，格蒂以更富冒险的精神，转到加利福尼亚州南部，进行他的新的冒险计划。但最初的努力失败了，在这里打的第一口井竟是个"干洞"，未见一滴油。但他不甘失败，在一块还未被别人发现的小田地里取得了租权，决心继续再钻。然而这块小田地实在太小了，不过比一间小小的房屋的面积略大一点，而且只有一条狭窄的通路可进入此地，载运物资与设备的卡车根本无法开进去。他采纳了一个工人的建议，决定采用小型钻井设备。他和工人们一起，从老远的地方，把物资和设备一件件扛到这块狭窄的土地上，然后再用手把钻机重新组合起来。办公室就设在泥染灰封的汽车上，奋战了一个多月，终于在这里打出了油。

随后，他移至洛杉矶南郊，进行新的钻探工作。这是一次更大的冒险，因为购买土地、添置设备以及其他准备工作，已花去了大笔资金，如果在这里不成功，那么，他已赚取到的财富将会毁于一旦。他亲自担任钻井监督，每天在钻井台上战斗十几个小时。打入 3000 米，未见有油。打入 4000 米，仍未见有油。当打入 4350 米时，终于打出油来了。不久，又完成了第二口井的钻探工作。仅这两口油井，就为他赚取了 40 多万美元的纯利润。这是 1925 年的事情。

格蒂的冒险一次次地获得成功，促使他去冒更大的险。1927 年，他在克利佛同时开 4 个钻井，又获得成功，收入又增加 80 万美元。这时，他建立了自己的储油库和炼油厂。1930 年他父亲去世时，他个人手头已积攒下数百万美元了。随后的岁月，机遇也常伴格蒂身边。他所买的租田，十之八九都会钻出油来。而且，他的事业也一直顺风满帆，直到成为世界驰名的富豪。

★智慧感悟★

没有冒险就没有最原始的积累，更遑论财富的崛起——商界的许多成功冒险家用他们的成功，为此做出了最好的注释。

把斧子卖给总统

2001 年 5 月 20 日，美国一位名叫乔治·赫伯特的推销员成功地把一把斧子推销给小布什总统。布鲁金斯学会得知这一消息，把刻有"最伟大推销员"的一只金靴子赠予他。这是自 1975 年以来，该学会的一名学员成功地把一台微型录音机卖给尼克松后，又一学员登上如此高的门槛。

布鲁金斯学会以培养世界上最杰出的推销员著称于世。它有一个传统，在每期学员毕业时，设计一道最能体现推销员能力的实习题，让学生去完成。克林顿当政期间，他们出了这么一个题目：请把一条三角裤推销给现任总统。8 年间，有无数个学员为此绞尽脑汁，可最后都无功而返。克林顿卸任后，布鲁金斯学会把题目换成：请把一把斧子推销给小布什总统。

鉴于前 8 年的失败与教训，许多学员放弃了争夺金靴子奖，个别学员甚至认为，这道毕业实习题会和克林顿当政期间一样毫无结果，因为现在的总统什么都不缺少，再说即使缺少，也用不着他们亲自购买。

然而，乔治·赫伯特做到了，并且没有花多少工夫。一位记者在采访他的时候，他是这样说的："我认为，把一把斧子推销给小布什总统是完全可能的，因为布什总统在得克萨斯州有一农场，里面长着许多树。于是我给他写了一封信，说：'有一次，我有幸参观您的农场，发现里面长着许多大树，有些已经死掉，木质已变得松软。我想，您一定需要一把小斧头，但是从您现在的体质来看，这种小斧头显然太轻，因此您仍然需要一把不甚锋利的老斧头。现在我这儿正好有一把这样的斧头，很适合砍伐枯树。假若您有兴趣的话，请按这封信所留的信箱，给予回复……'最后他就给我汇来了美元。"

乔治·赫伯特成功后，布鲁金斯学会在表彰他的时候说："金靴子奖已空置了 26 年，26 年间，布鲁金斯学会培养了数以万计的推销员，造就了数以百计的百万富翁，这只金靴子之所以没有授予他们，是因为我们一直想寻找这么一个人，这个人不因有人说某一目标不能实现而放弃，不因某件事情难以办到而失去自信。"

智慧感悟

不是因为有些事情难以做到，我们才失去自信；而是因为我们失去了自信，有些事情才显得难以做到。

敢想敢做的胡雪岩

"红顶商人"胡雪岩是一位眼界开阔、头脑灵活且敢想敢干的人。有一次，他为销"洋庄"走了一趟上海，在上海的"长三堂子"吃酒席，酒席上与那位后来成为他可以生死相托的朋友古应春一席交谈，就让他抓住了一次赚钱的机会。

古应春是一位洋行通事，也称"康白度"或"康白脱"。中国开办洋务之初，这样的通事是极要紧的人物。他们表面上主要充当的是类似今天的外事翻译的角色，但由于这一角色的特殊性，在当时的"外贸"活动中，他们其实还承担着为买卖双方牵线搭桥的职能，实质上也就是后来所说的买办。

胡雪岩要和洋人做生意，自然一定要结识这样的要紧人物。胡雪岩来到上海，设法托人从中介绍与古应春相识。请吃花酒是当时上海场面上往来应酬必不可少的节目，于是便由胡雪岩做东，尤五出面，在怡情院摆了一桌以古应春为主客的花酒。

酒席上，古应春谈起他自己参与的洋人与中国人的一桩军火交易。那一次洋人开了两艘兵轮到下关去卖军火，本来价钱已经谈好，都要成交了，半路里来了一个人，直接与洋人接头，听说太平军有的是金银财宝，缺的是军火，洋人一听立即单方毁约，将原来议定的价格上涨一倍多。买方需要的军火在人家手里，自然只能听人家摆布，白白让洋人占了大便宜。

古应春讲这段经历，是因为愤慨于中国人总是自己相互倾轧，以致让洋人占了便宜。但古应春的这段经历，也引起了胡雪岩要尝试与洋人做一票军火生意的兴趣。

在胡雪岩看来，当时有两个情况决定了这军火生意可做，而且一定可以做成功。第一，当时上海正闹小刀会，两江总督和江苏巡抚都为此大伤脑筋，正奏报朝廷，希望多调兵马，将其一举剿灭。兵马未动，粮草先行，可以先备下一批军火，官兵一到，就可以派上用场。胡雪岩知道江苏巡抚是杭州人，他可以通上这条路子。第二，此时太平军也正沿着长江一线向江、浙挺进，浙江为地方自保，正在办团练，也就是组织地方武装。办团练自然少不了枪支火药，借王有龄在浙江官场的势力，促使浙江地方购进一批军火，也不成问题。反正洋人就是要做生意，枪炮既然可以卖给太平军，也就没有不卖给官军的道理。

事情一旦想到，便立即着手进行，这是胡雪岩一贯的作风。请古应春吃花酒的当晚，酒宴散后已是子夜，胡雪岩仍不肯休息，留下尤五商谈与古应春联手同洋人做军火生意的事宜，甚至将如何购进、走哪条路线运抵杭州、路上如何保障军火安全都考虑到了。

第二天他又约来古应春，又细细商定了购进枪支的数量、和洋人进行生意谈判的细节、如何给浙江抚台衙门上"说帖"等事宜。

第三天，胡雪岩就和古应春一道会见了洋商，谈妥了军火购进事宜。从动起做军火生意的念头到此时，不到72个小时，这笔生意就让胡雪岩做成了。

★☆★☆★☆★☆★ 智慧感悟

胡雪岩购军火的例子告诉我们，生意场上不但要懂得创造机遇，并迅速就机遇做出反应，而且要敢想敢做，这样才会财源滚滚。